聖女様に醜い神様との結婚を押し付けられました3

赤村　咲

23762

角川ビーンズ文庫

contents

ters

クレイル

無能神と呼ばれ、
神殿の隅に追いやられて
いるが……？

エレノア・クラディール

伯爵令嬢。
クレイル（無能神）の
代理聖女。
明るく前向きな性格で、
神様のお世話に励む。

聖女様に醜い神様との結婚を押し付けられました

人物紹介

c h a r a c

アドラシオン

神々の序列二位の戦神であり、
建国神ともよばれる。

リディアーヌ・ブランシェット

公爵令嬢。
アドラシオンの聖女。

ルフレ

神々の序列三位の光の神。

グランヴェリテ

最高神。アドラシオンの兄神。

〈神殿で暮らす聖女たち〉

アマルダ・リージュ

エレノアの幼なじみで、
男爵令嬢。
エレノアに無能神クレイル
を押し付け、最高神グラン
ヴェリテの聖女となった。

ロザリー

光の神・ルフレの聖女。

マリ・フォーレ

つむじ風の神・トゥールの聖女。

ソフィ・グレース

蔓薔薇の神・フォッセの聖女。

本文イラスト／春野薫久

プロローグ◆建国神話・はじまり

むかしむかし、天から一柱の神さまがおりてきました。

神さまの名前はアドラシオン。戦いの神さまであるアドラシオンは、地上でひとりの人間の少女とであい、恋《こい》におちました。

アドラシオンは少女のため、あれはてた地上に人間たちのくらせる国をつくろうときめました。人間たちもおおよろこびで、アドラシオンの国づくりをてつだいました。

だけど、それをほかの神さまたちはこころよく思いません。多くの神さまが、この地に人間の国をつくることに反対していたのです。

国づくりをやめさせようと、神さまたちはいくつもの試練をあたえました。

一柱、また一柱と立ちはだかり、国づくりのじゃまをしました。

それでも、アドラシオンはあきらめません。アドラシオンと人間たちは力を合わせ、そのひとつひとつに立ち向かい、乗り越《こ》えていきました。

そして、最後に――。

『彼』は冷たく地上を見据《みす》えていた。

天より降り立った彼の目に映るのは、滅《ほろ》びを待つ大地だ。血に塗《まみ》れ、腐敗《ふはい》した地を前にしても、偉大《いだい》なる金の瞳《ひとみ》に感情は宿らない。

――愚《おろ》かな。

大いなる神はもういない。原初の神の一柱にして、命の創造者たる父神は弑《しい》された。今はただ、その血だけが大地を黒く染め上げる。

血塗《ちぬ》られた地に、もはや神の愛は存在しなかった。原初の神のもう一柱、子を愛し、命を愛し、生きるものすべての『罪』を赦《ゆる》してきた母神は、しかし夫の血を踏《ふ》むものだけは赦すことができなかったのだ。

――……愚かな。

大地に人の嘆《なげ》きが響《ひび》き渡《わた》る。草木は枯《か》れ、獣《けもの》は痩《や》せ、腐《くさ》り落ちた地を穢《けが》れが這《は》う。逃《に》げる力もない人間たちは、膝《ひざ》をつき、神の与《あた》える終焉《しゅうえん》を前に祈《いの》るだけだ。

ただ一人、ただ一柱。人間の娘《むすめ》と、それを守るアドラシオンを除いては。

――なんと、愚かな。

地を這う人間たちへ、向ける情はなかった。無数の嘆きも苦しみも、彼の心を動かさない。すべては人の自業自得《じごうじとく》。赦されぬ罪ならば、裁かれなければならない。

そのためにこそ、彼はここにいるのだ。

役目を放棄《ほうき》したアドラシオンに代わり、神の責務を果たすために。

「力では私に勝てないと知っているだろう、アドラシオン」

娘を守り、剣《けん》を構えるアドラシオンへ、彼は静かに呼びかけた。

アドラシオンは戦神。神々の中でも無類の強さを持つ。この男と真正面から戦って、敵《かな》う神は存在しない。

それでも、アドラシオンは彼に『勝てない』。彼はそういう神だった。

そのことは、アドラシオンもよく知っているだろうに。

「そうまでして、どうしてお前は人間を守る」

口にするのは、心からの疑問だった。

罪深きは人の方。正当性は神にある。神は十分に慈悲《じひ》を与え、それを踏みにじった結果が、今だ。

だというのに、アドラシオンは人間の娘のために神々を裏切った。その理由が、彼にはまるでわからなかった。

「その娘のどこに、命を賭《と》すほどの価値がある？」

娘はなんの変哲《へんてつ》もない人間だ。特殊《とくしゅ》な力はなく、特別な知恵《ちえ》もなく、容貌《ようぼう》も神には及《およ》ばない。心には人並みの穢れを持っていて、清廉《せいれん》な人間とも言い難《がた》い。

彼女になにかあるとすれば、神の怒《いか》りに抗《あらが》う人間たちの長《おさ》であることのみ。ただそれだけの娘のために、なぜアドラシオンはすべてを捨てて戦うのか。

「――どれほど」

その答えを、アドラシオンは迷わなかった。

娘を宝石のように掻《か》き抱《いだ》き、目には強い熱を宿し、ただの一歩も足を引かずにアドラシオンが口にした言葉は――。

「どれほど言葉を尽《つ》くしても、今のあなたに理解していただくことはできないでしょう」

事実、彼には理解できないものだった。

人間とは、父神の生み出した命の失敗作。穢れを生み出し他者をむさぼる、醜《みにく》くも憐《あわ》れな存在でしかない。

人間に、命を捨てるほどの価値があるとは思えなかった。同じ神を手に掛《か》けてまで、人間を守る理由がわからなかった。

かつて、人間に無関心だった男の胸に宿る激情が、わからなかった。

――……だが、あるいは。

『今』でなければ、なにか変わるだろうか。

いずれの彼であれば、罪深き人間の中から輝《かがや》きを見つけることができるだろうか。

誰《だれ》よりも信頼《しんらい》していた男の変化を、理解できる日が来るだろうか――。


――こうして。

ほろびをつげる神さまは、じひぶかくもすこしの時間をくれました。

人間が価値をしめすためのゆうよをくれました。

これが、人間たちにあたえられたさいごの試練です。

これまでのどんな試練よりもむずかしい、ながいながい試練のはじまりでした。


……それから、ずいぶんと時間が過ぎた。

国がつくられ、人々は栄え、神殿《しんでん》から神々は去り、試練の存在さえ忘れられた時の果て。

暗く冷たい部屋に、ぽたりと、重たい泥《どろ》の滴《したた》る音がする。

誰にも顧《かえり》みられない神が、静かに形を失っていく。

「彼」の本当の名を知る者は、この国のどこにもいない。名を呼ぶ者も、名を尋《たず》ねる者もないまま、「彼」自身すらその名を忘れていく。

寂《さび》しい神殿の一室で、「彼」は穢れの怨嗟《えんさ》だけを聞きながら、孤独《こどく》な嘆きの声を漏《も》らした。

『——たすけて』

1章 ◆ 不穏の気配

幼なじみの男爵令嬢《だんしゃくれいじょう》、アマルダ・リージュに『無能神』の聖女を押し付けられてから、はや三か月。

思えば、この三か月はずっと事件続きだった。

代理聖女として神殿で生活をはじめたこと。神殿へきて早々に、他の聖女たちから嫌《いや》がらせを受けたこと。この国には存在しないはずの穢れに触《ふ》れ、役立たずと言われた『無能神』の真実を知ったことに、結婚《けっこん》を目前にして婚約《こんやく》を破棄《はき》されたこと。

その婚約破棄についての話し合いをしたのは一昨日《おととい》。どうにか破棄を撤回《てっかい》させようと挑《いど》んだ話し合いが失敗に終わり、傷心の私に元婚約者のエリックが追い打ちをかけに来たのは、つい昨日のことである。

他《ほか》にも、思い返せばきりがない。どれもこれもとんでもない事件ばかりで、特に昨日のエリックとの一件は、もう立ち直れないかと思ったほどだ。

だけど、さすがに――。

『今』ほど衝撃《しょうげき》的な事件は、いくらなんでも初めてだった。

人を慈《いつく》しみ、導いてくださる神々のおわす場所、神殿。

その片隅《かたすみ》にある『無能神』の部屋に、澄《す》んだ朝の光が差す。

昨日まで降り続いていた、長い雨の気配は遠い。窓から見える空には雲一つなく、鳴き交《か》わす鳥たちの声もどことなく嬉《うれ》しそうだった。

そんな、実に初夏らしい爽《さわ》やかなる朝。

私はまるで爽やかならざる心地《ここち》で、ベッドの上で絶句していた。

「――――」

なにせ私と同じベッドの上に、見知らぬ男性がいるのだ。

それも、冗談《じょうだん》みたいな美貌の持ち主である。

陽光よりもまばゆい金の髪《かみ》。透《す》き通った金の瞳《ひとみ》。輪郭《りんかく》はやわらかく、笑《え》みを浮《う》かべる口元は穏《おだ》やかだ。気だるげに半身を起こす姿は、どこか背徳的な雰囲気《ふんいき》がある。

彼の容貌は、きれい、という言葉ではとても表せない。一分の隙《すき》もない彼の容姿は、まさに『完璧《かんぺき》』であるとしか言いようがなかった。

だけど、その怖《こわ》いくらいの美貌も、浮かぶ表情が和《やわ》らげる。

唖然《あぜん》とする私を見つめる彼の表情は、おっとりと穏やかで、気が抜《ぬ》けるほど『ぽやぽや』の笑みだ。

このぽやぽやさに、私は覚えがあった。

――う……。

頭に浮かぶのは、ぷるんと丸い異形《いぎょう》の神だ。

私が代理聖女として仕える相手であり、この部屋の主《あるじ》。神々の序列最下位にして、人々から忌《い》み嫌《きら》われる――人の姿すら持たないはずの、『無能神』と、目の前の男性とが重なって離《はな》れない。

――嘘《うそ》でしょう⁉　だ、だって、昨日まで神様は……！

私が仕える『無能神』こと神様は、昨日まではたしかに人の姿ではなかったはずだ。

選ばれた聖女たちが、一目見ただけで逃《に》げ出すほど醜い――というほどではなくとも、不定形の丸い体に、影《かげ》のように暗い体色をしていたのは間違いない。昨日、部屋へと乗り込んできた元婚約者のエリックだって、眉《まゆ》をひそめて『化け物』と呼んでいたのだ。

――それなのに！　いつから、どこから？　そもそもこの方、本当に神様⁉

いや、彼が神様であるかどうかは、すでに確認《かくにん》を取っている。彼は自分が神様だと言うし、私のことも知っていた。その衝撃に、悲鳴を上げたのは、つい先ほどのことだ。

「……エレノアさん？」

もっとも、だからと言って素直《すなお》に信じられるかは別の話である。

醜く忌み嫌われる姿から、絶世とさえ言える美貌に変わっておいて、はいそうですかとは頷《うなず》けない。いくらなんでも変わりすぎである。

「あの……？」

未《いま》だ衝撃の抜けない私を窺《うかが》いながら、神様――神様？ は眉根を寄せた。

顔からは、ぽやぽやの笑みは消えている。代わりに浮かぶのは、あらわな不安の色だ。

「ええと……エレノアさん、どうかされました？ どこか具合の悪いところでも？」

どうかしたのは神様の方である。

とはさすがに言えない私に、神様は眉間《みけん》のしわを深めた。

胡乱《うろん》な顔もまた麗《うるわ》しい――なんて思っている場合ではない。彼は不安げな顔のままシーツの上に片手をつき、私に向かって身を乗り出してきたのだ。

ぎし、とベッドが軋《きし》む。戸惑《とまど》う暇《ひま》もなく、神様の顔が近づいてくる。

鼻先が触れるほどの距離《きょり》に、私の息が止まった。

――ちかっ……!?

私の目の前で、金の髪がさらりと流れる。瞬《まばた》きに揺《ゆ》れるまつげが見える。

あまりの近さに視線を逸《そ》らせば、今度は身を乗り出した彼の体が目に入った。

中性的な容姿だけれど、シーツに置かれた手は紛《まぎ》れもなく男性のものだ。身に纏《まと》う服はやけに薄《うす》くて、体の線を隠《かく》さない。私からすれば、ほとんど裸《はだか》のように思えた。

「………もしかして」

息もできない私を、神様はまじまじと見つめてくる。

私の顔を真正面からじっくり眺《なが》め、瞳の奥まで覗《のぞ》き込むと、彼はやはり不安そうに――

同時に、ひどく無自覚そうに、沈《しず》んだ息を吐《は》いた。

「私、なにかまずいことでも言ってしまいましたか？」

言ったとか言わないとかの問題ではない。まずいのは、この距離の方である。

少しでも離れようと体を引くけれど、すぐにベッドの端《はし》につく。逃げ場がない。

「……すみません、無神経でした。元気になられましたね――なんて」

その言葉は、起きて早々に神様が口にしたものだ。

昨日のエリックの一件で落ち込み、泣き疲《つか》れて眠《ねむ》ってしまった私を心配してくれていたのだろう。朝の元気な私の姿を見て、彼はほっとしたようにそう言ったのだ――というのは、今の私には重要ではない。

「そんなはずはありませんよね。エレノアさんがどれほど傷ついていたか、私にも想像はできます。ずっと結婚に憧《あこが》れていらしたのですから」

重要なのは、なにより目の前の、近すぎる神様だ。なにやらすっかり気落ちした様子の神様に、しかし慰《なぐさ》めの言葉はかけられない。

私は嘆《なげ》くような神様の声を聞きながら、唇《くちびる》を噛《か》み、いい加減苦しくなった息を呑《の》み――。

「婚約者であるエリックさんにあんな風に言われて、昨日の今日で平気でいられるはずがありません。それなのに私は……」

「ち」

「エレノアさんのお気持ちも考えず、申し訳――……『ち』？」

「――っかいんですよ、顔が！」

呑み込み切れず、ついに荒《あら》く声を吐き出した。

ついでに、近すぎる神様の体も両手で押し返す。手のひらに触れる感触《かんしょく》は、もちろんぷにぷになどではない。たしかな男性の体の感触に、頬《ほお》が熱を持つ。

息苦しさと気恥《きは》ずかしさで真っ赤になりながら、それでもようやくできた距離に、私はため込んだ息を吐きだした。額ににじむ汗《あせ》を拭《ぬぐ》えば、神様がぽかんと瞬きをする。

「……落ち込んでいらっしゃったわけでは」

「いらっしゃったわけです、けど！」

小首を傾《かし》げる神様に、私は肩《かた》で息をしながら首を振《ふ》る。

落ち込んだのは事実。昨日、エリックが私に告げたのは、私のこれまでをすべてひっくり返す言葉だった。

聖女の夢も、結婚《けっこん》の夢も、すべてはただアマルダへの対抗《たいこう》心。それなら、今までの私はなんだったのだろう――なんて思いもしたけれど。

「もう、それどころじゃないですよね⁉」

っっ

そんなことは、目の前の衝撃に吹《ふ》き飛んでしまった。

恨《うら》みつらみを忘れるつもりはないけれど、はっきり言って、今はエリックのことなんて考えている余裕《よゆう》はないのである。

力んだ声で言い切れば、神様がまた瞬《またた》いた。その目が、ふと嬉《うれ》しそうに細められる。

「よかった。いつものエレノアさんですね」

「よくない！」

目も眩《くら》みそうな神様の笑《え》みに、私は断固首を振る。眩んでいる場合ではないし、神様の方も眩ませている場合ではない。

「よくないですよ、神様！　そのお姿どうされたんです⁉　自覚されてます⁉」

「この姿？」

まさかこのぽやぽや、自分の姿にまで無自覚なのだろうか――と疑う私の前で、神様は視線を落とす。

彼が見つめるのは、彼自身の体だ。しなやかで均整の取れた体に、その体を覆《おお》う奇妙《きみょう》な服。ぴたりと薄い服越《ご》しに体をひと撫《な》でし、彼はぽっと赤面した。

「すみません、こんな半端《はんぱ》な格好で。いつもは全部脱《ぬ》いで寝《ね》ているのですが、エレノアさんがいるのにそれはまずいかと」

「半裸《はんら》でも大問題ですけど⁉」

そもそもそれ以前に、服を着ていようが未婚《みこん》の娘《むすめ》と同じベッドで寝ることが大問題だ。

そしてさらにそれ以前に、神様の今の姿が――と思いかけ、はたと思考が止まる。

――……今、『いつも』って言わなかった？

それはつまり、普段《ふだん》からこの姿ということだろうか。

ここ最近、神様が人の姿になっている気がしていたけれど、あれは気のせいではなかった……？

ということは――。

――もしかして、姿を自覚してこの距離感《きょりかん》⁉　無自覚どころか、狙《ねら》ってやっているの⁉

私、もしかしてからかわれてる⁉

ぜ、ぜんぜん天然でもぽやぽやでもないじゃない！

と内心で悲鳴を上げながら、私は身をのけぞらせる。思わず逃《に》げるように体を引けば、神様が心配そうに、またしても身を乗り出してきた。

「あの、エレノアさん。そんなに興奮されない方が……」

「誰《だれ》のせいだと――」

そう言いかけたところで、私の体はぐらりと傾《かたむ》いた。

考えてみれば、今はベッドの端。しかもただでさえ、神様から距離を取ろうとギリギリまで寄っていたのだ。

そんなところで、さらに身をのけぞらせたのなら、どうなるかは決まっている。

「――ああああああああああああ!?」

神様の部屋に、本日二度目の悲鳴が響《ひび》き渡《わた》ったのは、それからすぐ後のことだった。


騒《さわ》がしい朝のひとときから、少し過ぎ。ベッドから落ちかけた私を神様が慌《あわ》てて助けてくれたことで、またひと騒ぎしてからも少し過ぎ。

「――落ち着かれましたか？」

現在、ベッドから場所を移し、いつも向かい合って食事を摂《と》る丸テーブルの前。

羞恥《しゅうち》にうつむく私の前には、湯気の立つ紅茶のカップが置かれていた。

カップから立ち上るのは心が落ち着くような優《やさ》しい香《かお》りだ。小声で礼を言って一口飲めば、なじみ深い味が口の中に広がった。

――……やっぱり、神様なんだわ。

飲み慣れた紅茶の味に、私は内心で嘆息《たんそく》する。

さすがにもう、認めないわけにはいかなかった。声も同じ、態度も同じ、淹《い》れてくれる紅茶の味まで同じ。よくよく確かめてみれば、うっすらと纏《まと》う神気も神様そのものなのだ。

――……イケメンじゃない、なんて大嘘《おおうそ》じゃない。

たしかに私は、『元の姿はイケメンの方がいい』と思っていたけれど、さすがにここまでは求めていない。直視をためらうほどの美貌《びぼう》は、喜び以上に戸惑《とまど》いの方が強かった。

これからどうしたものかと、私は紅茶を飲むふりをしてそっと正面の神様を窺《うかが》い見る。

ちらりと見やる神様は、戸惑う私とは対照的に、実に機嫌《きげん》が良さそうだった。頬が緩《ゆる》み、目元は細められ、私と目が合うとさらに嬉しそうに笑みを深める。

その反応に、耐《た》え切れないのは私の方だ。逃げるように視線を逸《そ》らせば、神様はしゅんと沈んだようにうなだれる。

――や、やりにくい……！

なんとも言えず気まずかった。いや、たぶん気まずいのは私だけなのだろうけれど、とにかく空気がいたたまれない。

とはいえ、ずっとこうしてもじもじしているわけにもいかなかった。

なにせ、『無能神』の人の姿という大問題が、目の前にいるのだ。

「ええと……神様。そのお姿は元に戻《もど》られたということでいいんですよね？」

「ええ、はい」

ためらいがちに切り出した私に、神様は迷いなく頷《うなず》いた。

さすがに、自分の姿を自覚していなかった――ということはなかったらしい。少し照れたようにはにかむ神様をやはり窺い見ながら、私はさらに話を続ける。

「ということは、記憶《きおく》も戻られたんですよね」

神様はこの国の穢《けが》れを引き受けすぎて、力も記憶も、姿さえ失ってしまったという。

ならば姿を取り戻した今、失った他のものも戻ってきているだろう。

そうなると、当然気になることがある。代理聖女になってから、ずっと疑問に思っていたことだ。

「結局、神様はなんの神様だったんですか？」

私の問いに、神様は瞬《また》いた。瞬いたきりしばらくの間。

紅茶の湯気がくゆり、窓からは涼風《りょうふう》が吹き込んでくる。チチ……と鳥の鳴く声が響いたあと。

「……なんの？」

神様は訝《いぶか》しげに、私の問いに眉根《まゆね》を寄せた。


言われてはじめて、彼は己《おのれ》がなんの神であるかを思い出せないことに気が付いた。

いや、それだけではない。己の過去、神としての力、与《あた》えられた役割、なぜこの地にいるのか。なにもかも思い出すことができない。

記憶を探《さぐ》ろうにも、無数の穢れが妨《さまた》げる。そもそも姿を取り戻したはずなのに、彼の身の内にある穢れはわずかも減っていなかった。

――なぜ。

本来であれば、ありえない状態だった。限界まで穢れを抱《かか》えた状態で元の姿に戻ることも、元の姿に戻ったのに記憶が戻らないことも。

なのに、どれほど考えても、今の自分に起きた矛盾《むじゅん》の原因がわからない。

ただ――一つだけ。なにも思い出せないはずの彼の中には、奇妙な焦燥《しょうそう》感があった。

得体の知れない焦燥感が、あふれ出そうな記憶を押さえ、彼自身に訴《うった》える。

いい、いい、いけない。

まだ思い出してはいけない。

『今』の彼のままでは駄目《だめ》なのだ――と。

「――つまり」

沈《しず》み込みかけた彼の思考を、いつものようにエレノアが遮《さえぎ》る。

「神様は記憶も力も戻ってなくて、穢れもぜんぜん減ってなくて、姿だけ変わったってことですか⁉」

彼女は愕然《がくぜん》としたように言うと、よろりと椅子《いす》に背中を預けた。

顔に浮《う》かぶのは、わかりやすすぎるほどにわかりやすい落胆《らくたん》だ。己を見て表情を歪《ゆが》めるエレノアに、彼は居心地《いごこち》悪く肩《かた》を縮めた。

きっとエレノアは、彼が完全に元に戻っていることを期待していたのだろう。

だってそうすれば、彼女はようやく『無能神』から解放されるのだ。

『無能神』の聖女でなければ、こんな神殿《しんでん》の片隅《かたすみ》まで毎日通う必要はない。食事を得るために アルバイトをする必要もないし、日用品を得るために駆《か》け回らなくてもいい。そもそも、聖女の代理を押し付けられることすらないのだ。

「……すみません、エレノアさん」

エレノアに目を向けられず、彼は視線を落とした。

一度期待したぶん、落胆も大きいもの。彼女には酷《こく》なことをしてしまった。

「こんな中途半端《ちゅうとはんぱ》なことになってしまって。エレノアさんにはかえってご迷惑《めいわく》を――」

「これじゃあ、神殿を納得《なっとく》させられないわ。やっと神様を認めさせられると思ったのに！」

「――……うん？」

言いかけた言葉を呑《の》み、代わりに眉根を寄せた。

落胆は落胆でも、思っていた内容と少し違《ちが》う気がする。

「やっと神様が馬鹿《ばか》にされなくなると思ったのに！　今まで馬鹿にした神官たちにぎゃふんと言わせられると思ったのに!!　ああもう、悔《くや》しい――!!」

うつむいていた視線を上げれば、両手をきつく握《にぎ》りしめ、悔しさを吐《は》くエレノアが見える。

　こちらの顔など見えてもいないのだろう。相変わらず、バタバタと騒がしく心を踏《ふ》み荒《あ》らしていくエレノアに、彼は知らず笑《え》みを浮かべていた。

「エレノアさん、いいんですよ」

　その笑みのまま、悔しがるエレノアに呼びかける。

　エレノアの期待に添《そ》えないことは申し訳ないけれど、彼自身は神殿の反応は気にならない。

「私は、神殿に認められなくても構いません。部屋もエレノアさんが整えてくださり、住みやすくなりました。私は、今の生活に十分満足しています」

「神様、ですが……！」

　納得のいかないエレノアに、彼は首を横に振《ふ》る。

『首』を振っているのだ、と嚙《か》みしめるように自覚する。

「私はこの姿になれただけで十分です。たしかに、力も記憶も戻りませんが」

　語る言葉は、『口』から出ている。

　前を向く彼の『目』に、エレノアの姿が映っている。

　紅茶のカップを持つ『手』があり、椅子に座《すわ》る『体』がある。

　向かい合って座れば、互《たが》いの顔が見える。

「こうしてエレノアさんと同じ形で、同じ目線で話をすることができる。そのことが、私はなによりも嬉《うれ》しいんです」

視線を向ければ、エレノアが目を見開いたのがわかる。癖《くせ》のある栗色《くりいろ》の髪《かみ》には寝癖《ねぐせ》がある。深い緑の瞳《ひとみ》は驚《おどろ》きに瞬き、戸惑ったように逸らされる。握りしめられた手。結ばれた口。かすかに赤らむ頬《ほお》の色。

そのすべてを見つめて、彼は目を細めた。

「エレノアさんは、今の私の姿はお嫌《いや》ですか？」

期待を込《こ》めたその問いには、しかし答えが返ってくることはなかった。

彼女はそれきり、ものすごい顔をして押し黙《だま》ってしまったからだ。


神様の部屋を早々に辞した私は、ものすごい顔で押し黙ったまま神殿を歩いていた。

――お嫌ですか、って。

我ながら、今の顔は人には見せられない。すれ違ったら逃げられるような形相をしている自覚がある。神様も私のこの顔を覗《のぞ》き込み、『……やっぱりお加減が悪いのでは？』と言って、今日は帰るように促《うなが》してくれたくらいだ。

おかげさまで、ありがたくも部屋を辞させてもらい——現在。

——お嫌ですか、って!!

私は大荒《おおあ》れの心を抱え、まだ昼にもならない時間に宿舎へと戻《もど》るところだった。

——なにあれ。なにあれ！　なにあれ!?　口説き文句!?

いや待て、相手はあのぽやぽやだ。まず間違いなく、思ったことをそのまま口にしただけである。

だけどそうなると、あの一連の言葉は裏表のない本心というわけで——。

——た、たちが悪いわ！　あんなこと言われて、どうしろって言うのよ！

いや、わかっている。どうもなにも、余計なことを考えず一緒《いっしょ》に喜べばよかったのだ。

私だって、神様には元に戻ってほしいと思っていた。たとえ戻ったのが姿だけでも、嬉しくないわけでは決してないのである。

それに、姿が戻ったのなら、いずれは力や記憶が戻ることも期待できる。穢れの浄化《じょうか》が原因ではないと言うけれど、なにかきっかけがあったはずだ。それさえわかれば、いずれと言わずとも、すぐに本当の神様に戻れるかもしれない。

そうなったら、今度こそ神殿にも報告ができる。神様が、神殿にちゃんと認められるようになる。今のボロ小屋から引っ越《こ》しもできるし、聖女がアルバイトをしなくても、ちゃんと食事がもらえるようになる。

その聖女だって――と思いかけ、私ははたと足を止めた。

――そうだわ。

だから――きっと、素直《すなお》に喜べなかった。

無意識のうちに、気付いていたのだ。

神様が本当はどんな神かは、まだわからない。序列は高くないかもしれない。力も、そんなに強くないかもしれない。

だけど、あの姿。一目見て逃《に》げられたころとは真逆の、誰《だれ》もが目を奪《うば》われる容姿は、美《び》貌《ぼう》を誇《ほこ》る神々の中でも突出《とっしゅつ》している。

神様は、もう聖女に逃げられることはない。

今度こそ、望む相手を選ぶことができるのだ。魔力《まりょく》もない、清らかでもない、選ばれてもいない代理聖女ではない、彼に本当に必要な相手を。

「…………」

ざわりと木々が揺《ゆ》れ、初夏の風が吹《ふ》き抜《ぬ》ける。

髪をさらう風は冷たく、私の心をひやりと撫《な》でた。

事件が起きたのは、その日の夕方。宿舎の自室で、なにをするでもなくぼんやり考え込んでいるときだった。

「――セルヴァン伯爵《はくしゃく》令息が行方《ゆくえ》不明⁉」

「そう！」と頷《うなず》いたのは、血相を変えて部屋へと駆け込んできた聖女仲間のマリだ。

ベッドで寝転んでいた私は、マリの報告に跳《は》ね起きた。ぼんやりなんてしている場合ではない。

セルヴァン伯爵令息とは、私の元婚約《こんやく》者のエリックのことだ。彼とは、つい昨日顔を合わせたばかり。いったいなにが起きたのかと驚く私に、マリは大股《おおまた》で歩み寄る。

「昨日から大騒《おおさわ》ぎしていたでしょう！　帰る時間になっても姿が見えない、神殿のどこにもいない――って！　あんた、なんで知らないの⁉」

「なんでって……い、いえ、そんなことより昨日から⁉」

騒ぎを知らないのは、昨日神様の部屋に泊《と》まったせいだ。今日も神様の部屋を出てからは、昼前の閑散《かんさん》とした食堂にしか寄っていない。そのうえ考え事をしていたこともあって、あまり周りの様子を気にかけていなかった。

それよりも、問題はエリックの方だ。昨日から行方不明と聞いて、背筋が冷たくなる。

だって昨日、神様の部屋に来たエリックは、『神殿を発《た》つ前に挨拶《あいさつ》をしに来た』と言っていた。実際に帰る時間がいつごろかはわからないけれど、遅《おそ》い時間とは思えない。

――それなら、エリックは神様の部屋を出てすぐに行方不明になったの……⁉

いったいなぜ――と思う私に、マリは荒《あら》く首を振《ふ》る。

「とにかく、それでまずいことになっているのよ！　なんでも、昨日は穢《けが》れも出ていたらしくて……その令息が、穢れに呑《の》まれたんじゃないかって話で……！」

マリが言うには、セルヴァン伯爵はそのことで神殿《しんでん》を相当強く責め立てたらしい。これは神殿の責任問題だ、国に訴《うった》えると主張する伯爵に、神殿は騒然《そうぜん》とした。

なにせ、今の神殿は後ろ暗いことだらけだ。神々を擁《よう》する神殿は特権を持ち、王家も簡単に手が出せない――とはいえ、神々がこれだけ離《はな》れているうえに、穢れまで出たとなればその立場も危《あや》うい。なんとかしなければと焦《あせ》る神殿は、穢れの原因探しに躍起《やっき》になっていた。

そこに起きた事件が、神殿の客人であり、貴族令息であるエリックの失踪《しっそう》だ。

神殿の焦りは増し、失踪に関する憶測《おくそく》が飛び交《か》うようになった。特に、誰が怪《あや》しいとか、あいつが犯人だとかの、危うい噂《うわさ》が広がってしまったのだという。

「――問題はそこよ！」

マリは険しい顔で言うと、まだ状況《じょうきょう》の呑み込めない私の手を摑《つか》む。そうして、そのまま急《せ》かすように、強引《ごういん》に部屋の外へと引っ張った。

「その、穢れの原因じゃないかって言われているのが――」

「――あなたが穢れの原因だったのね、リディちゃん！」

日暮れの神殿に、凛《りん》とした声が響《ひび》き渡《わた》る。

場所は食堂の前にある広場。神殿に忍《しの》び込んだ子どもたちへいつものようにパンを渡し、屋敷《やしき》へ戻ろうとしていたリディアーヌは、突然突《つ》き付けられた断罪の言葉に眉根《まゆね》を寄せた。

声に振り向くまでもなく、リディアーヌの前には神官たちが立ちふさがる。まだ若く、血気盛《さか》んな神官たちの前に立つのは、今やこの神殿の頂点に立つ少女だ。

最高神の聖女アマルダが、リディアーヌを強い瞳で睨《にら》んでいる。

「いくら親友でも、こんなことは見逃《みのが》せないわ！　もう、みんなわかっているのよ、リディちゃんが犯人だってこと！」

「……なんの話かしら？」

「とぼけないで！　清らかな神殿に穢れが出るはずなんてないの！　だから、今の穢れは外から持ち込まれた他にないわ。そして、神殿に穢れが出て得をするのは王家の人たちだけなのよ！」

アマルダの語る内容は、リディアーヌも聞いたことがあった。セルヴァン伯爵令息失踪の以前から、穢れの原因としてリディアーヌは有力な容疑者だ。

神殿としては、内部に穢れの原因があるとは思いたくない。なおかつ、できれば対立する王家に責任をかぶせたい。

その両方を満たすのが、『偽聖女《にせ》』であるリディアーヌなのだ。

「聖女は、みんな神々に選ばれた心清らかな人たちなの。神官様だって、たくさんの修行《しゅぎょう》をした立派な方ばかりだもの。……でも、リディちゃんは」

語り続けるアマルダの声に引かれて、食堂に向かう聖女たちが足を止める。

時刻はちょうど夕食時。人の姿は多い。足を止める人が増え、人だかりができれば、さらに人が集まってくる。

その人だかりを背に、アマルダは首を振る。

「リディちゃんは……こんなこと言いたくないけど、違《ちが》うでしょう？」

アマルダの顔は悲しげで、声には身を切るような痛ましさがあった。言いたくない事実を突きつけている、という態度に、アマルダを囲む神官たちが感服したように頷く。

だけど、騒ぎに集まった聖女たちの反応は違っていた。彼女たちはアマルダほど純粋《じゅんすい》ではなく、アマルダに従うほど素直でもない。

彼女たちは憐《あわ》れまず、感服もせず――アマルダの言葉に、くすりと笑う。

それは嘲笑《ちょうしょう》だった。騒ぎに集まった聖女たちが、リディアーヌを見て囁《ささや》きを交わす。

あれが噂の、代用品であると。

「リディちゃんは、本当の聖女ではないから。……だから、あなただけが穢れを生み出すことができるのよ！」

大きくなる嘲笑に、リディアーヌは手のひらを固く握《にぎ》る。

ロザリーがいなくなり、表立って口にされることはなくなっても、リディアーヌの立場は変わらない。リディアーヌは神殿にとっての『部外者』で、本物の聖女になれない『偽聖女』。アドラシオンの聖女であるリディアーヌは、他の聖女にとって目触《めざわ》りであり、同時に蔑《さげす》みの対象でもある。

集まった人々の中に、味方になってくれそうな人物はいなかった。遠巻きに嗤《わら》う人々に紛《まぎ》れ、ちらりと見えていたマリとソフィも、いつの間にか姿を消していることに気が付いていた。

――そうね。彼女たちは、エレノアを通して親しくしてくれているだけだもの。

マリもソフィも、エレノアの友人であってリディアーヌの友人ではない。わかっている。友人になってくれ、と口にしたことのないリディアーヌに、それを嘆《なげ》く資格はない。

二人が嘲笑の輪から外れてくれただけでも、リディアーヌには十分だ。いつだったか、食堂でロザリーと対峙《たいじ》したときとは違う。

噛わずにいてくれる人がいると、わかっている。

それなら、リディアーヌは意地ではなく、誇《ほこ》りを持って胸を張れる。

以前のように、口をつぐんだままではない。言葉を返すことができる。

「さあ、リディちゃん――いいえ、リディアーヌさん。もう言い逃れはできないわ！　自分の罪を認めて、償《つぐな》いをして！」

アマルダの怒《いか》りの言葉と、無数の悪意の中、リディアーヌは口を開こうとして――。

「なにを勝手な――」

「勝手なこと言ってんじゃないわ、アマルダ！　言いがかりよ!!」

それを邪魔《じゃま》して、割って入る声がある。

驚《おどろ》きに振り返れば、目に入るのは大慌《おおあわ》てで駆《か》けてくるエレノアと――もう一人。

「下がった下がった！　今ソフィが神官を呼んできているわ！　あんたたち、叱《しか》られたくなかったらさっさと解散することね！」

エレノアとともに大声を上げながら駆け寄ってくる、息を切らせたマリだった。

出端《でばな》を挫《くじ》く騒がしさに、リディアーヌはこんな状況なのに、ふっと笑ってしまった。

神官を呼んだ――と聞いて、慌てたのはアマルダの背後にいる神官たちだ。

どうやらというか、やっぱりというか、この断罪劇は神殿の意向ではなく、アマルダたちが勝手にやったことらしい。

――まあ、それはそうよね。話を聞く限り、全部憶測だし！

証拠《しょうこ》らしい証拠もないまま公爵令嬢《こうしゃくれいじょう》に冤罪《えんざい》を吹《ふ》っ掛《か》けようものなら、王家との全面対決待ったなし。いかに追い詰《つ》められた神殿としても、そんなことはしたくないだろう。

そういうわけで、私たちの登場に神官たちはすっかり動揺《どうよう》しきっていた。

「…………ノアちゃん」

しかしもちろん、アマルダはこんなことでは動じない。

「ノアちゃん、ごめんなさい。今はノアちゃんと話をしている暇《ひま》はないの。リディアーヌさんと大事な話をしているのよ」

リディアーヌから私に視線を移し、アマルダは相変わらず悪気のない顔で首を振った。

彼女に、一昨日《おととい》のエリックとの一件を気にした態度はない。少しの後ろめたさもないどころか、むしろ止めに入った私を咎《とが》めるようでさえある。

「穢れのことで、苦しんでいる人たちを助けるためなの。お話なら、あとにしてもらえないかしら」

「なーにが『苦しんでいる人たちを助けるため』よ。言いがかりをつけてただけじゃない！」

一方の私は、大いにエリックの件を気にしていた。正直なところ顔も見たくないけれど、見たら見たで言ってやりたいことが山ほどある。

「リディが犯人だって言うなら、証拠を見せなさい、証拠を！」

「ノアちゃん！　そんなことを言っている場合じゃないのよ！　リディアーヌさんしか穢《けが》れを生み出せないんだから、リディアーヌさんを止めるのは当然でしょう⁉」

アマルダは傷ついたように首を振《ふ》ると、キッと私を睨みつけた。

澄《す》んだ青い瞳《ひとみ》には怒りが宿る。両手を握りしめ、痛ましげに叫《さけ》ぶのは、まさに聖女というべき言葉だ。

「こんなことをしている間にも、穢れに苦しむ人がいるのよ！　悲しむ人たちが生まれているの！　聖女として、そんな人たちを放《ほう》っておけないわ！　私がみんなを守らないといけないの！　なのに……！」

ひどいわ、とアマルダは震《ふる》える声でつぶやく。

こぼれ落ちるその声とともに、アマルダの目から涙《なみだ》もまたこぼれた。

「ノアちゃんは本当の聖女じゃないから、私の気持ちがわからないんだわ！」

「――――は」

広場中に響《ひび》き渡るアマルダの叫びに、私の頰《ほお》が引きつった。

たしかに、私は本当の聖女ではない。押し付けられた代理聖女で、正真正銘《しょうしんしょうめい》の偽聖女だということは、自分でも認めている。

だけど──それを押し付けた張本人に言われては、さすがに聞き逃《のが》せなかった。

「誰《だれ》が聖女を押し付けたと──」

引きつった顔をアマルダに向け、私は彼女へ足を踏《ふ》み出す。神官たちがアマルダを守るように前に出てくるけれど、気にしてはいられない。傍《そば》にいたリディアーヌが私を止めようとするのも聞かず、怒り任せに声を上げようとした──ちょうど、そのときだ。

「──なんだなんだ、なんの騒《さわ》ぎだ！」

人だかりを割ってこちらに向かってくる、荒々《あらあら》しい足音が響いた。

どうやら、ソフィが呼んだ神官が到着《とうちゃく》したらしい。周囲を蹴散《けち》らすような怒鳴《どな》り声に、私はまだ怒り冷めやらぬ頭で振り返り──。

その顔を見た瞬間《しゅんかん》、怒りも忘れて顔をしかめた。

どすどすと重たい足取りで駆けてくるのは、『嫌味《いやみ》なネチネチ男』の悪名で知られた神官だ。

その名も、レナルド・ヴェルス。でっぷり太った体に、肉に埋《う》もれたいつも不機嫌《ふきげん》そうな顔。悪名通り嫌味で、ネチネチと説教が長く、なにより──。

「騒ぎの原因はお前らか！　いったいアマルダ様になにをしている！」

アマルダの取り巻きの一人として有名な人物なのである。

レナルドを連れてきたソフィが、実に申し訳なさそうな顔でこちらを見ていた。

「……ソフィ、なんであの人を連れてきちゃったのよ」

「仕方ないじゃない、エレノア。こんな時間だし、他に誰もいなかったのよ。アマルダを止めるなら、それなりの地位の神官じゃないと駄目《だめ》だし……」

「だからって、よりにもよってあのネチネチ男って。あんた、もうちょっとマシなのいなかったの!?」

「マリ、声が大きくてよ。本人に聞こえてしまうわ」

ここそこと小声で言い交《か》わすのは、順に私、ソフィ、マリ、リディアーヌである。

現在は、レナルドがアマルダから事情を聞いている最中。逃《に》げる機会を失った私たちは、苦い顔を寄せ合っていた。

「それに、あまり人のことをそんな風に言うものではないわ。レナルド・ヴェルスは頑固《がんこ》者だけれど、そう悪い男ではないのだから」

「悪い男ではないぃ？」

リディアーヌの言葉に、マリは信じられないと言いたげに首を振る。

実のところ、私もマリに同感だった。リディアーヌにとってはそうでなくとも、私たちにとってのレナルド・ヴェルスは悪い男以外のなにものでもない。

なにせこの男、あからさまに聖女を身分で差別するのだ。

上位の聖女には媚《こ》びへつらう一方で、下位の聖女には恨《うら》みでもあるのかと思うほど態度が悪い。おかげで彼は、下位聖女たちから蛇蝎《だかつ》のごとく嫌《きら》われていた。

――しかもあの人、あれでも高位神官なのよね。神官の中でも、一握《ひとにぎ》りの優秀《ゆうしゅう》な人しかなれないって言う。

高位神官とは、その名の通り神官のさらに上の地位を指す。数多《あまた》の神官や神殿《しんでん》兵をまとめる立場の神官で、神殿の幹部候補と言われる出世頭《しゅつせがしら》だ。

つまりあのレナルドは、いずれの神殿幹部。未来の神殿を動かす人間なのである。

――腐《くさ》っているわね、神殿……。

私はため息とともに、レナルドへと視線を向けた。

たしかにソフィの言う通り、最高神の聖女と神官の集団を止めるには、並みの神官では力不足だ。だけどこの遅《おそ》い時間帯では、高位神官は仕事を切り上げ帰っていることが多く、なかなか捕《つか》まえるのが難しい。

そんな状況《じょうきょう》で高位神官を連れてきたソフィは、よく頑張《がんば》ったと言えるだろう。

とはいえ、である。

「――なるほど、事情はわかりました」

話を聞き終えたらしきレナルドが、そう言って長い息を吐《は》く。そのまま彼は神妙《しんみょう》な顔で目を閉じ、ゆっくりと頷《うなず》くと――腰《こし》を低くしてアマルダに手を揉《も》んでみせた。

「アマルダ様のお気持ち、痛み入ります。その責任感、人々を思う優《やさ》しさ、悪を許さない正義感……ああ、なんと崇高《すうこう》でしょうか！　さすがは、グランヴェリテ様のご寵愛《ちょうあい》を受けるにふさわしきお方！」

とはいえ、いくら他に人が捕まらなかったとしても、さすがにこれはない。

媚びっ媚びにもほどがある。見ていてこちらがぞわっとする。

――よくやるわ……。

なんて思ったところで、私の白い目などレナルドにはどうでもいいことだろう。彼はアマルダを見つめ、その媚びた顔を無念そうにしかめた。

「しかし……口惜《くちお》しいですが、あれなる聖女たちの言葉も真実。証拠《しょうこ》がなければ、私どもにはどうすることもできません」

「でも、レナルド様！」

「今ここで捕まえたとしても、証拠不十分ですぐに解放することになるでしょう。……アマルダ様、どうか今は耐《た》えてください」

食い下がろうとするアマルダに首を振ってから、レナルドはすぐに「なあに」と明るく言ってみせる。

細められた目は不敵だ。その目でちらりと一度だけこちらを窺《うかが》うと、彼はすぐにまたアマルダに向き直り、太い笑い声を上げた。

「ご安心ください。要は証拠があればいいのです。アマルダ様のために、この私がすぐにでも犯人につながる証拠をご覧にいれてみせますよ」

――――うん？

その笑い声に、私はぱっと弾《はじ》かれたように顔を上げた。

なんだか引っかかる言い方だ。言った内容だけを考えれば、深い意味などないとも思えるけれど――同時に、深い意味を想像することもできてしまう。

「――さあ、戻《もど》りましょうアマルダ様。あまり遅いとグランヴェリテ様が心配されますよ」

レナルドはそう言って、アマルダに帰りを促《うなが》す。アマルダは納得《なっとく》したのかしていないのか、重たげな足取りで、だけど素直《すなお》に私たちに背を向けた。

「待って！　今の、どういう意味……？」

去っていく背中に、私は思わず問いかけていた。

――だって、あんな言い方……！

まるで――証拠をでっちあげるとでも言っているみたいではないか。

「アマルダ！　待って――」

「待つのはお前だ、エレノア・クラディール」

アマルダを追おうと足を踏み出す私の前を、ぬっと巨体《きょたい》が遮《さえぎ》った。

思わずその場で足が止まる。アマルダを隠《かく》すような巨体を見上げれば、不機嫌そうなレナルドと視線が合った。

「立場をわきまえろ、無能神の聖女。アマルダ様はグランヴェリテ様の聖女だということを忘れるな」

レナルドから、アマルダへ向ける媚びた態度は消えていた。

声は低く冷ややかで、目にはあらわな侮蔑《ぶべつ》の色がある。

「この神殿では、アマルダ様が黒と言えば、白いものも黒くなる。——せいぜい、言動に気を付けることだな」

はっと鼻で笑いながら告げた言葉は、もはや脅迫《きょうはく》としか思えなかった。


アマルダたちが去り、野次馬も去り、騒《さわ》ぎが過ぎ去ったあと。

「あああああ！　もう！　アマルダの周りって、どうしてみんなあんなふうなの!?」

夜半過ぎ。すっかり静けさを取り戻した食堂前の広場に、私の声が響き渡《わた》る。

ここ数日、あれやこれやで鬱憤《うっぷん》がたまりすぎたせいで、一度爆発《ばくはつ》すると止まらない。というか思い返せば、ここ数日のあれやこれやもすべてアマルダが原因である。

「まあまあ、エレノア。落ち着いて」

「なんだかんだ騒ぎが収まったんだからよかったじゃない」

「よくない！」

どうどう、と暴れ馬のごとく私を宥《なだ》めるマリとソフィへ、私もまた暴れ馬さながらに首を振《ふ》る。

たしかに騒ぎは収まった。だけど私の気は収まらず、そもそも根本の問題も解決していない。

「このままだと、リディが穢《けが》れの原因にさせられるわ！　あの人たち、ろくでもない証拠を集める気よ！」

アマルダが黒と言えば、白いものも黒くなる――とは、つまりリディアーヌを犯人に仕立て上げられるということ。疑惑《ぎわく》の会話も、証拠のでっちあげについて話していたと受けとって間違《まちが》いないだろう。

「だいたい、あんなこと言われて黙《だま》っていられないわ！　こうなったら――」

私は覚悟《かくご》を決めて息を吸う。私を宥めていたマリとソフィが、嫌《いや》な予感でもしたかのように顔を強張《こわば》らせたけど、気にしない。

神殿も神官もあてにならない以上、自分の身は自分で守るしかないのだ。

「私たちで穢れの原因を見つけて、神殿の鼻を明かしてやるわ！」

「おやめなさい」

私の決意の言葉を、しかし当のリディアーヌ本人が迷うことなく却下《きゃっか》する。

「エレノア。『言動に気を付けるように』と言われたばかりでしょう。余計なことをしては、あなたが目を付けられてよ」

「リディ、でも！」

「だいたい、これはわたくしの問題でしてよ。止めに入ってきてくれたことには感謝するけれど、これ以上の手出しは不要です」

でも、の先を言わせず、リディアーヌはツンと突《つ》き放す。

相変わらずの高慢《こうまん》さで胸を張り、顎《あご》を反《そ》らし、彼女の言うことには。

「わたくしの疑いを晴らすのは、わたくし一人いれば十分。自分に降りかかる火の粉くらい、自分で払《はら》えてよ」

「…………」

少々熱の冷めた頭で、私はマリとソフィに視線を向ける。そのまま、三人で顔を見合わせること、少しの間。

私たちは揃《そろ》って、リディアーヌに胡乱《うろん》な目を向けた。

「……だったら、どうしてこんなことになったのよ」

いつだったか、アマルダと上手《うま》くやっていける——と言っていたのはなんだったのか。

人を見るのが仕事だとか、アマルダの人となりは理解したとか言っていたのは気のせいだろうか。

私たち三人の目に、リディアーヌはやはりツンとしたまま口をつぐむ。

明るい月の浮《う》かぶ晩。闇夜《やみよ》に溶《と》けるような黒髪《くろかみ》をなびかせ、沈黙《ちんもく》することしばしの間。

フクロウが遠くで鳴き、風が木々を揺《ゆ》らし、雲が流れて月を隠しても、私たちの目は相変わらずリディアーヌを見据《みす》える。リディアーヌもまた、ツンとし続ける。

「…………」

ツンとしたまま、その目がスッと逸らされる。それでも見つめる私たちに、固く結ばれた口元が、耐え切れなくなったように震《ふる》えた。

「…………からよ」

それからさらに間を置いて、静けさの中に絞《しぼ》り出すような声が響《ひび》いた。

同時に、リディアーヌの目がこちらを向く。私たちを親の仇《かたき》のように睨《にら》みつけると、彼女は怒《いか》りにも似た声を吐き出した。

「あの子が、あなたたちの悪口を言ったからよ！」

リディアーヌ曰《いわ》く。

実際、彼女はアマルダとそれなりに上手くやっていたらしい。

いろいろなことに目をつぶれば、アマルダ自身は悪い子ではない。良くも悪くも素直すぎて、思い込んだら「こう！」となってしまうだけで、本人に悪気は一切《いっさい》ないのだ。

性格は明るく、誰《だれ》に対しても分け隔《へだ》てなく、親切。そこに無神経が加わることは、仲良くなってみないとわからない。遠くから眺《なが》める分には、むしろアマルダは絵に描《か》いたような良い子だった。

——そう。距離《きより》を置きさえすればいいのよね。それができるなら。

付かず離《はな》れずの関係を保てるのなら、たしかに上手くやることもできるだろう。ぐいぐいくるアマルダを適度にあしらい、だけど嫌《きら》われない程度の付き合いを、本当に維持《いじ》し続けられるのであれば。

『——リディちゃん、かわいそう』

もっとも、それができないのが人間というもので。

『マリさんとソフィさんって、ロザリーさんと一緒《いっしょ》にいた子たちでしょう？　ノアちゃんも、いつも食べ物をもらいたがるって言うし……大丈夫《だいじょうぶ》？　迷惑《めいわく》していない？』

いつ、どこで、アマルダの無神経が逆鱗《げきりん》に触《ふ》れるかは、誰にもわからないのである。

「——で、仲違《なかたが》いしてこういうことになった、と」

食堂前の広場に、重たいため息が響く。

話をするうちに、気付けばすっかり遅《おそ》い時間。周囲に人の気配はなく、聞こえるのは葉《は》擦《ず》れの音と、夜の鳥たちの鳴き交《か》わす声だけだ。

少し肌寒《はださむ》い、初夏の夜。しんと染《し》みるような静けさを破るのは、二つの荒《あら》い声だった。

「ぜんっぜん！　上手くやれてないじゃない！　おバカ！」

「馬鹿《ばか》ってなによ！　あんなこと言われて、黙っていろって言うの⁉」

「黙りなさいよ！　それで穢れの原因扱《あつか》いされてるのよ⁉」

「それはわたくしが自分でなんとか――」

「できないでしょ！　火の粉を払うどころか、今まさに燃えてるじゃない！」

もうすでに全身火だるまである。このままリディアーヌ一人に任せたら、穢れの原因として断罪待ったなし。怒り任せに穢れの原因を探すと言ったけれど、こうなると本気でやる必要が出てきてしまった。

などと言い合いをする私の横では、マリとソフィが呆《あき》れ返ったように首を振る。

「あーあ、バカバカしい！　そんなことであんな騒ぎになったわけ⁉」

「くっだらない！　わたしたち、もう付き合ってられないわ！」

二人でそう言い合うと、彼女たちはうんざりと――ではなく、どことなくそそくさと私たちに背を向けた。

「早く帰って寝《ね》ましょう、ねえマリ」

「そうね、ソフィ。あたしたちなんにも関係ないし――」

「まあまあ、待ちなさいよ親友」

そのまま足早に宿舎へ戻《もど》ろうとする二人を、私はもちろん逃《に》がさない。がしっと肩《かた》を強く抱《だ》き、にこやかに二人に笑《え》みを向ける。

たしかに、きっかけはアマルダとリディアーヌの仲違い。呆れる気持ちはよくわかる。

そして、アマルダに関《かか》わりたくないという気持ちもまた、よくわかる。神官たちを引き連れた最高神の聖女があの性格なのだ。厄介《やっかい》以外の何物でもない。

しかし、どんなに馬鹿らしかろうが問題は起きてしまったのだ。

「いい話じゃない。リディ、私たちのために怒《おこ》ってくれたのよ。それでこんなことになって、なのに自分一人だけでなんとかしようとして……」

よよ……と泣きまねをすれば、マリとソフィが身を強張らせる。

嫌な予感でもしているのだろうか。勘《かん》のいいことである。

「こんなの、友だちとして見捨てられないわよねえ。力になりたいわよねえ」

と言いつつ、私は二人に顔を寄せる。背後でリディアーヌが、なんの話をしているのかと訝《いぶか》しんでいるけれど、今は振り返らない。

これからするのは、内密の話なのである。

「それに、考えてみなさいよ。——リディって、アドラシオン様の聖女なのよ?」

「……は?」

「今回のことは、きっとアドラシオン様に伝わるわ。リディのことだし、解決するまでは黙っているかもしれないけど——問題が片付いたら、必ず報告するはずよ」

あの義理堅《ぎりがた》いリディアーヌだ。誰かからの協力を得たなら、そのことを報告の際に伝えるに違《ちが》いない。

そしてアドラシオン様は、リディアーヌが誰かと親しくすることを喜ぶ。もしも力を貸してくれた友人がいたなんて言えば、それはもう感激してくださるだろう。

「アドラシオン様、他の神々との交流も多いらしいわ。ルフレ様が居候《いそうろう》しているくらいだもの。お屋敷《やしき》で話をしていたら、誰かが聞いていることもあるでしょうね」

「…………」

「ここでリディを助けたら、あなたたちの神様にも伝わるでしょうね。自分の聖女が善いことをしたって聞いたら、きっと神様は喜ぶでしょうねえ。自慢《じまん》の聖女だなんて思っちゃうかもしれないわねえ」

ねー、と空とぼけながらも、私は二人の顔を窺《うかが》い見る。

順繰《じゅんぐ》りに見るマリとソフィは、どちらも『これでもか』というほどに渋《しぶ》い顔だ。

眉間《みけん》に深いしわを寄せ、口を苦々しく曲げて、無言で私を睨んで、しばらく。

二人は長い間のあとで、観念したように長い息を吐《は》いた。

「……わかったわよ！　手伝うわよ！」

と言ったのはソフィの方。

「やればいいんでしょう、やれば！　ま、放《ほう》っておいても寝覚めが悪いものね」

そう肩を竦《すく》めたのはマリの方。彼女は仕方がなさそうに、そのまま私にちらりと目を向けた。

「でも、実際にどうやって原因なんて探すつもりよ。具体的な策とかあるわけ？」

とはさすがに口にしないけれど、私の反応から察したらしい。マリは呆れたように息を吐く。

「そんなことだと思ったわ。これからどうすんのよ。ソワレ様の言葉くらいしか、犯人の手がかりなんてないのよ」

「……ソワレ様？」

というと、神殿《しんでん》でもかなり名の知れた神の一柱だ。序列はルフレ様と同じく三位。ルフレ様の双子《ふたご》の闇の神であり、この神殿では珍《めずら》しい女神《めがみ》である。

さらに言えば、今の神殿では数少ない、積極的に人に関わってくれる神でもある。

おかげで、ちょっといろいろな噂《うわさ》があったりもする――というのは置いておいて。

「昨日、穢《けが》れが出たって言ったじゃない。それをソワレ様が祓《はら》ってくださったのよ」

そのときに、ソワレ様が言った言葉があるのだ――とマリは言う。

神々の集《つど》う神殿において、あまりにも衝撃《しょうげき》的なその言葉とは――。

「――穢れの中に、神気を感じる。……誰か力の弱い神が、悪神に堕《お》ちたんじゃないか、って」

――悪神。

私は頭の中で、その言葉を繰《く》り返す。それに、力の弱い神に、穢れ……？

そう聞いて、連想するものがある。

いなくなったエリック。現れた穢れ。その翌日に――姿を変えた彼。

「エレノア？　どうしたの？　まさか、なにか心当たりでもあるの？」

押し黙《だま》る私に、マリが冗談《じょうだん》めかして尋《たず》ねてくる。

だけど、私は返事をすることができなかった。

――……神様。

どうして神様は、穢れを失っていないのに姿を変えられたのだろう？

2章◆あなたは誰？


みんな、アマルダのことをわかっていない。

エレノアも、リディアーヌも、他《ほか》の聖女たちもそう。アマルダが今の状況《じょうきょう》にどれほど心を痛め、思い悩《なや》み、力を尽《つ》くそうとしているかを、誰《だれ》もわかってはくれない。

──仕方ないわ。私はグランヴェリテ様の聖女だもの。

エレノアのような代理聖女ではない。リディアーヌのような偽《にせ》聖女でもない。なにかあれば代わりを選べばいいだけの、ありふれた聖女たちとも違う。

アマルダは、ただ一人選ばれた最高神の聖女。

人々の期待を一身に背負う、特別な存在なのだ。

「──アマルダ様、どうかご一考ください。この国を蝕《むしば》む穢れを消し去るには、もう他に方法がありません」

アマルダは無言で、ぎゅっと両手を握《にぎ》りしめた。

最高神グランヴェリテの屋敷、応接室。いつもは若い神官たちでにぎわう部屋に、今は重たい緊張感《きんちょうかん》が満ちる。

周囲に若い神官たちの姿はない。部屋にはアマルダと、アマルダの真正面で深々と頭を下げる老人が一人いるだけだ。

「神官たちに歴史書を紐解《ひもと》かせ、唯一《ゆいいつ》見つけた方法にございます。これならば、必ずや穢れを打ち払い、次なる発生を抑《おさ》えることができましょう」

「……神官長様」

でも、という言葉を呑《の》み込んで、アマルダは老人――神官長を窺い見る。

神官長はその視線の意図に気付いたように、老いた顔に笑みを浮《う》かべた。

「そう心配なさる必要はありませんよ。時期が早いとお思いでしょうが、アマルダ様はグランヴェリテ様に選ばれた聖女――伴侶《はんりょ》なのですから」

「…………」

「これは名誉《めいよ》なことであり、当然のことでもあります。アマルダ様が真に聖女となられることを、我々はもちろん、グランヴェリテ様もお喜びになりますでしょう。そして、ますますそのお力を、アマルダ様のためにふるってくださるに違いありません」

――わかっているわ。

聖女はただの神の世話係ではない。神によって見初《みそ》められた、名誉ある神の伴侶だ。伴侶《あた》であればこそ、神は聖女のために力を貸す。聖女に言葉を届け、加護を授《さず》け――愛を与えるのだ。

ならば与えられた愛を受け止めることもまた、伴侶たる聖女の役目である。

——それは、わかっているの。

「本来であれば、グランヴェリテ様とアマルダ様のお気持ちを尊重し、お互《たが》いのお心が決まる日をお待ちするのですが……」

今の神殿に、それを待つだけの時間がないことは、アマルダも知っていた。

穢れは日々、増える一方。穢れの原因も見つからず、王家からの追及《ついきゅう》はどんどん厳しくなっていく。ここ最近は神殿外の穢れの出現も目立つようになり、『神殿が堕落《だらく》したから神々がこの国を見捨てた』という噂まで囁《ささや》かれているという。

このままでは、神殿の威信《いしん》は地に落ちる。そうなる前に、神殿は神々の力を示して人々の信頼《しんらい》を取り戻《もど》さなければならなかった。

そして、それができるのはアマルダの他にいないのだ。

——だって、グランヴェリテ様のご寵愛《ちょうあい》を受けられるのは私だけだもの……。

神官長が見つけた穢れを消し去る方法とは、アマルダが最高神グランヴェリテと寝所《しんじょ》を共にすることだった。聖女と体を重ねることで神々は力を得て、穢れに打ち勝つことができるのだ——と、古い歴史書の中に残されていたのだという。

「アマルダ様、今すぐにとは申しません。ですが、どうかよくお考えになってください。……穢れを生み出す原因を探《さぐ》るのも重要ですが、今はなにより、増え続ける穢れ自体をどうにかしなければなりません」

神官長はそう言うと、アマルダに深く一礼をして部屋を去っていった。

神官長が去ったあと、アマルダは屋敷《やしき》の最奥《さいおう》にあるグランヴェリテの居室に移動し、椅子《いす》の上でしばし呆《ほう》けたように目を伏《ふ》せていた。

頭を巡《めぐ》るのは、先の神官長とのやりとりだ。足元に落ちる深い影《かげ》を見つめながら、アマルダは自分でも知らず息を吐《は》く。

苦しむ人々のために、一刻も早く穢れを祓いたいという神官長の気持ちはよくわかる。アマルダだって今の状況に心を痛め、苦しむ人々が救われるようにと願っているのだ。

本当の意味で伴侶になることも、嫌《いや》なわけではない。神官長の言う通り名誉なことであり、アマルダ自身も愛する人と結ばれるのは幸せなことだと思っている。

なのにどうしてか、アマルダはためらいを捨てきれなかった。

――どうしてかしら。

この国を救うという重圧のせいだろうか。あるいは、自分を慕《した》う神官たちや、想《おも》いを寄せてくれているルヴェリア公爵《こうしゃく》に悪いと思っているのだろうか。

それとも――と思いながら、アマルダは隣《となり》の伴侶を仰《あお》ぎ見た。

グランヴェリテはアマルダを拒《こば》まない。こうして隣に腰《こし》を掛《か》け、そっと手を握ることを許してくれる。

だけど同時に、どれほど近くに寄ろうと、自ら触《ふ》れてくれることもない。握った手を握り返してくれることもない。あるのは、ただひやりと冷たい感触《かんしょく》だけだ。

グランヴェリテの愛を疑ったことは一度もない。自分の仕える神を疑うなんて、聖女としてありえないことだ。

アマルダは愛されているし、愛している。そのことに偽《いつわ》りはないけれど。

――グランヴェリテ様から、私を求めてくだされぱいいのに。

そうすればきっと、このためらいも晴れるに決まっているのに。

「……最高神の聖女って、大変ね」

口に出して呟《つぶや》くと、アマルダは一人首を横に振《ふ》った。愛する人と結ばれることさえ、この立場になると悩ましいことだらけだ。

「みんなは、こんなに悩むことなんてないんだろうなあ……」

今日も神殿《しんでん》の他の聖女たちは、期待も責任も感じず、気楽な一日を終えるのだろう。

そう思うと、そんな平凡《へいぼん》な聖女たちが、ほんの少しだけ羨《うらや》ましく感じた。

こんなに悩むことなんて、あるのである。

――…………厄介《やっかい》なことになったわ。

アマルダとの騒動《そうどう》から一夜明け、寝不足《ねぶそく》の朝。上天気の乾《かわ》いた空を横目に、私は宿舎の自室でじめじめと姿見に向き合っていた。

――ただでさえ厄介なことだらけなのに、これどうするのよ。

エリックとの婚約《こんやく》は破談。父は頼《たよ》りにならない。結婚《けっこん》の話がなくなり、神殿生活の先行きがわからなくなったところで、なぜか神様は人の姿に戻る。

しかも、戻ったのは姿だけときた。記憶《きおく》も力も戻らないままでは、下手《へた》に神殿に報告できない。最悪の場合は偽者扱《あつか》いで、神殿を追い出されるのでは――？

というところへ、さらに昨夜、追加の厄介がきてしまったのだ。

――エリックの失踪《しっそう》に、穢《けが》れの原因扱いされるリディに、それから……。

ソワレ様が残したという穢れの手がかりを思い出し、姿見の私の顔が暗くなる。

『弱い神』に『穢れ』と聞いて、すぐに思い浮かぶのは神様だ。

その神様の姿が変化したのは昨日。エリックが失踪したのも昨日。しかも、もしかしたらエリックがいなくなったのは神様の部屋を出てすぐのことかもしれない――。

「…………い、いえ！　まだそうと決まったわけではないわ！」

嫌な想像を追い払《はら》おうと、私は慌《あわ》てて首を振る。

別に、なにか確信があるわけではない。単なる偶然《ぐうぜん》と言えばそれまで。こんな状況《じょうきょう》だから、きっとなんでも結び付けて考えてしまいがちなのだ。

――たしかにお姿は変わったけど、中身は変わっていないじゃない。あの神様の、どこが悪神だって言うの。

悪神とは、穢れに呑まれた神のことだ。人間の悪意に歪《ゆが》み、人間に害をなす恐《おそ》ろしい存在だという。

だけど昨日の神様を見る限り、とても穢れに呑まれたとは思えない。相も変わらずおっとり穏《おだ》やかで、こっちが困惑《こんわく》するほど欲《よく》がない。あんな狭《せま》い小屋での生活にも満足していると言ってしまうくらいだ。

――あんな悪神、いるわけないわ。そうでしょう！

すべて偶然が重なっただけ。自分にそう言い聞かせて、私はぱちんと頬《ほお》を叩《たた》く。

「聖女が神様を信じなくてどうするのよ！」

聖女に必要なものは、心の清さと信仰《しんこう》心。仕える神を疑うなんてとんでもない。聖女とは、こういうときこそ神を信じ、支えるもののはずだ。

代理聖女とはいえ、聖女は聖女。神様の立場が危《あや》うい今、私が味方にならなければならないのだ。

「どうせリディの冤罪《えんざい》を晴らすために、穢れの原因は調べなきゃだめなのよ。ここで原因をはっきりさせられれば、変な想像もしなくなるわ」

言い聞かせるように口に出すと、私は大きく息を吸う。悩《なや》ましいことはあれど、悩んだところでなにが解決するわけでもない。

「だったら、今はできることをするだけよ。リディのためにも、神様のためにも、穢れの原因を突《つ》き止めてやるわ！」

そして、神殿とアマルダの鼻を明かしてやるのだ――！


――と。

まあ、そう思っていたのは朝のうちだけである。

「たのもう！」

と心意気も新たにやってきた、神様の部屋。覚悟《かくご》を決めて扉《とびら》を開き、その先の光景を見た瞬間《しゅんかん》、私の中から朝の決意は吹《ふ》き飛んだ。

「………………」

空は快晴。部屋には明るい日差しが落ちる。

神様の部屋に通って三か月。すっかり見慣れた部屋の窓辺に見えるのは、見慣れない男女の姿だった。

一人――もとい、一柱は、昨日から人の姿にお戻りの神様だ。相も変わらず目に優《やさ》しくない美貌《びぼう》を湛《たた》えた神様は、勢いよく開かれた扉に驚《おどろ》いて振り返った——のは、いい。

問題は、その隣だ。

驚く神様の傍《そば》に、明らかに人間ではないとわかる美貌の少女が立っている。

神様の金髪《きんぱつ》とは対照的な、夜のように黒い髪《かみ》。透《す》けるように白い肌《はだ》。華奢《きゃしゃ》な体は、まるで触れれば壊《こわ》れる硝子《ガラス》細工だ。手を伸《の》ばすのをためらうほどの、繊細《せんさい》な美少女が——。

今まさに、神様と触れ合うほどに顔を寄せているところだった。

「……だれ？」

凍《こお》り付く部屋に響《ひび》いたのは、か細い声だった。怯《おび》えたような声とともに、強張《こわば》った少女の視線が入り口に立つ私に向けられる。

まるで、人見知りをする子どものようだ——と思ったのは、しかし一瞬《いっしゅん》だけだ。

次の瞬間には、彼女はその幼いともいえる顔に、不敵な笑《え》みを浮《う》かべていた。

愛らしい黒い目が細められ、口の端《はし》が持ち上がる。流し見るような目の動きは意味深で、目が離《はな》せない。容姿とは不釣《ふつ》り合いの大人びた表情に、思わずドキリとする私を一瞥《いちべつ》し、彼女はくすりと笑みを漏《も》らした。

「いいところだったのに、邪魔《じゃま》されちゃった」

そう言うと、彼女はただでさえ近い顔を神様に近づける。

えっ、と驚く暇《ひま》もない。少女は瞬《また》く私の目の前で、迷いなく神様の頬に唇《くちびる》を寄せた。

――唇を……寄せた⁉

呆《ほう》ける私の耳に、ちゅ、とかすかな音が幻《まぼろし》のように響いて消えていく。

「仕方ないから、続きはまた今度。じゃあね」

同時に、少女もひらりと手を振って、瞬きの間に姿を消した。

あとに残されたのは、立ち尽《つ》くす私と、居心地《いごこち》の悪い沈黙《ちんもく》と――。

「誤解です‼」

慌てて頬を押さえ、首を横に振る神様だった。

青ざめた顔で神様が弁解することには。

「彼女は、私の様子を見にきたんです！　私が元の姿に戻《もど》ったことが他《ほか》の神々にも伝わっているらしく、何柱か昨日から訪ねて来ていて――彼女も、そうやって確かめに来ただけなんです……！」

その『彼女』こと黒髪の少女を、私は知っていた。

彼女の名はソワレ。多くの神々が去った今の神殿で、まだ人間と関《かか》わりを持ってくれる数少ない神にして――悪名高き闇の女神《やみめがみ》。

まさに昨日話題に出た、さまざまな噂《うわさ》を持つ神なのである。

ちなみにその噂とは、もちろんあまり良いものではない。男に色目を使っているとか、若い神官をたぶらかしているとか、そういった類《たぐい》のものだ。

私としては、あまりその手の噂は気にしないようにしているけれど——。

「……………確かめに来ただけ、ねえ」

さすがに、目の前で見せられてしまえば話は別だ。

「それであんなに顔が近かったんですか。頬にキスするくらいに」

ソワレ様の去った部屋に、凍《こご》えるような空気が満ちる。

神様は窓辺で固まり、私は扉の前に立ったまま。初夏の陽気など吹き飛ばすほどの冷たさに、窓辺で鳴いていた鳥たちも逃《に》げ出した。

「顔をよく見るためだけです！ 最後のあれは、私も驚いていて……！」

もはや鳥の鳴き声さえ響かない部屋で、神様はおろおろと言い募《つの》る。

いったい私が、どんな顔をしているというのか。彼は一度私に視線を向け、怯えたように目を逸《そ》らし、再びおそるおそる窺《うかが》い見る。

「本当に、変な意図はないんです。エレノアさんが考えるようなことは、なにも」

私が考えること、とは。

別に、私は変なことなんて考えていない。変な意図も想像していない。ただ、顔をよく見るためとはいえ、どうしてあんなに距離《きょり》が近かったのだろうかと不思議に思っているだけである。

「ええと……エレノアさん、怒《おこ》っていらっしゃいます……？」

もちろん、怒ってもいない。そもそも神様のすることに、私が怒るいわれがない。

聖女は神様の伴侶《はんりょ》と言うけれど、私は単なる代理聖女だ。神様自身が選んだ『本当の聖女』とやらではなく、私自身も無理やり聖女を押し付けられただけ。口出しする資格も、腹を立てる理由もないし、私自身も気にしてなんていないけど。

ないけど。

——こっちは神様のお姿のことでさんざん悩んでいるのに。

神様の方は、姿が変わって早々にこれですか。

へー。

ふーん。

ほーん。

「…………エレノアさん」

はーん、と冷ややかな目を向ける私に、神様がふと眉根《まゆね》を寄せた。

顔に浮かぶのは、訝《いぶか》しむような表情だ。彼の金の瞳《ひとみ》が私を映し、なにか気付いたように——おや、とでも言いたげに瞬く。

そうして告げるのは——。

「もしかして、妬《や》いていらっしゃるんですか？」

予想だにしなかった、あまりにも強烈《きょうれつ》な反撃《はんげき》だった。


エレノアが彼に向けているのは、紛《まぎ》れもなく穢《けが》れだった。

もちろん、穢れとは言っても身の内に留《とど》まる程度のものにすぎない。放《ほう》っておいても危険のない、人が当たり前に抱《いだ》く範囲《はんい》の感情だ。

それでも、穢れは穢れ。人だけが持つ、いびつで醜《みにく》い感情である。

「や、妬いている……って」

彼の指摘《してき》に、エレノアはぎくりと身を強張らせた。

先ほどの不機嫌《ふきげん》な態度は消え、今は動揺《どうよう》もあらわに足を引く。

視線は冷たさを失い、逃げるようにさまよっていた。右を見て、左を見て、部屋を見回すその目は、だけど決して彼を見ない。戸惑《とまど》うように瞬き、うつむき、明後日《あさって》の方向を見てはまた瞬く。

「いえ、まさか。そんな、まさか。私は別に、そういうつもりじゃ……」

「そ、そうなんですね。すみません、エレノアさんを困らせるつもりではなくて……」

そわそわと落ち着かないエレノアを見ていると、彼の方も落ち着かなかった。

どうにも気持ちが浮《うわ》ついている。頬《ほお》が熱を持っているような気もする。気恥《きは》ずかしいのにエレノアから視線は逸らせず、悪意であるはずの穢れを見つめてしまう。

「どうしてでしょう、エレノアさん。私、変です」

「へ、変、ですか？　変って、元からじゃ……」

ぽろりと漏れたエレノアの失言も耳に入らず、彼は自分の胸に手を当てる。

穢れは人の生み出す邪悪《じゃあく》。神には決して持ちえない感情であり、憐《あわ》れむべき人の歪《ゆが》み。

その認識《にんしき》に変わりはない。むしろ諦念《ていねん》を忘れた今、穢れはかつてよりもずっと重く、痛く、吐《は》き気さえ覚えるほどである——というのに。

「私……エレノアさんの嫉妬《しっと》が、嬉しいんです」

どうしてエレノアが、今、心に穢れを抱いているのか。

その理由を思うと、彼は胸の高鳴りを抑《おさ》えることができなかった。

元来、神々の時代に穢れは存在しなかった。

穢れについての最初の記述があるのは、建国神話よりさらに以前。天より降りし父神と母神による創世神話だ。その中でも、人間が誕生して以降に登場するのだから業《ごう》が深い。

人の悪意から生まれる穢れは、人を呑《の》み、ときには神さえも呑むもの。濃《こ》くなれば危険な魔物《まもの》や災厄《さいやく》に変わるという穢れは、神々の守護の薄《うす》い他国では、たびたび被害《ひがい》をもたらしていた。

一方で、この国に穢れが出たという話はほとんどない。

その違《ちが》いは、神々の存在――ひいては、信仰《しんこう》の違いであるという。

他国の信仰の中心は、今や古き神話となった創世神話の母神――地母神だ。人前に姿を現さなくなって久しい地母神は、現在ではその実在さえ疑われている。

要は、実体のない信仰なのだ。存在しない神に縋《すが》り、実在の神をおろそかにした。その結果、他国は神々の愛を失い、穢れという天罰《てんばつ》を下されたのだ――。

と、声高《こわだか》に主張する神話学者もいたらしい。この国は地母神信仰などに傾倒《けいとう》せず、グランヴェリテ様をはじめとする本物の神を崇《あが》めたから、かくも恵《めぐ》まれているのだ、と。

そんな主張も、この国の現状を見れば笑い話である。

――いえ、笑えないわね……。

神様の部屋から、ところかわって神殿《しんでん》の書庫。

埃《ほこり》っぽい書棚《しょだな》に囲まれた薄暗い一角で、私は読んでいた本から顔を上げた。

周囲は静かで、人の気配はほとんどない。書棚に隔《へだ》てられているからか、ときおり聞こえる物音も妙《みょう》にくぐもって聞こえた。

時刻は、夜も間近に迫《せま》った夕暮れ時。神様のお世話を終えたあと、宿舎に戻らずこんな場所までやってきたのは、昨日増えた厄介《やっかい》事のひとつであるリディアーヌの冤罪《えんざい》を晴らすためだ。

『まずは穢れについて知らなければ、原因を突《つ》き止めることなんてできなくてよ』

とは、リディアーヌの主張。

神殿の鼻を明かしてやると言ったはいいものの、どこから手を付けるかわからないのでは話にならない。その前準備として、まずは穢れそのものの知識を得る必要があった。

ならば書物で調べようということで、私はリディアーヌたちと連れ立って、神殿の辺境にある書庫までやってきたのである。

神話に関連する書物を、国中から集めたという書庫は広い。手分けをするために書庫に散れば、もう他《ほか》のみんながどこにいるかもわからない。本が傷《いた》むからと、窓もろくにない書庫で一人で本を読んでいると、時間の感覚も忘れてしまいそうだった。

「――なんだよ、難しい顔して」

不機嫌な声が聞こえたのは、そうしてすっかり読み耽《ふけ》っていたときのことだ。

「お前に本とか、似合わねーの。ほんとにちゃんと読んでんのかよ」

静けさの中で不意に聞こえた声に、私は思い切り顔をしかめた。

いったい誰《だれ》が――とは、思わない。この生意気な物言いに、心当たりがありすぎる。

「……ルフレ様、私のことなんだと思っているんです？」

苦い顔で声に振《ふ》り返れば、やはり。見覚えのある少年が、書棚の前に雑多に積まれた本を椅子《いす》代わりに、脚《あし》を組んで座《すわ》っている。

輝《かがや》く白金の髪《かみ》に、鋭《するど》い切れ長の瞳。どう見ても人間ではありえない美貌《びぼう》を持つ彼こそは、神々の序列第三位、偉大《いだい》なる光の神ルフレ様である。

「なにって……単純暴力アホ女」

そして、偉大さを台無しにするほどの失礼なお子様神でもある。

「さすがに失礼すぎじゃないですか⁉」

「本当のことだろ。穢れの原因を調べる、なんてアホなこと。妙なことに首突っ込んでんじゃねーよ！」

「妙なこともなにも、やらなきゃリディが犯人にされるかもしれないんですよ！」

手にした本をパシンと閉じて、私はいつにも増して口の悪いルフレ様を睨《にら》みつけた。

たしかに、妙なことになったとは我ながら思っている。神様のこともあるのに、調べものなどしている時間なんてあるのか、とも思う。

でも、こうなった以上は仕方がない。リディアーヌが疑われていると知って、黙《だま》って見ているのはあまりにも薄情《はくじょう》というものだ。

「それに、私たちが本当の原因を見つければ、アマルダと神殿の鼻を明かしてやれますしね！　アマルダにぎゃふんと言わせる機会なんてそうそうないわ！」

「……そう簡単に行くかよ。お前、本当に単純なやつだな」

積年の恨《うら》みを込《こ》めてこぶしを握《にぎ》る私に、ルフレ様が呆《あき》れたように腕《うで》を組む。

その言い方に、私は眉《まゆ》をひそめた。単純なやつ、という言葉は聞き流すとして、なんとなく口調に含《ふく》みがある気がする。

「簡単に……って、ルフレ様はなにかご存知なんですか？」

いや、よく考えたら、ルフレ様は仮にも神。穢《けが》れの原因くらいはお見通しだろう。

というかもしかして、さっさと神々のどなたかに話を聞けば解決だったのでは？

「お前よりは、そりゃ知ってるけど」

そう思う私の予想に反し、ルフレ様の反応は鈍《にぶ》かった。彼にしては珍《めずら》しく思案するように目を伏《ふ》せて、どうにも重たい息を吐《は》く。

「俺にもよくわかんねーんだよ、なんでこんな半端《はんぱ》なことになってんのか。……穢れを受け止めるのが限界だったのはわかってる。でも、本当に『元《もと》』に戻ったのなら、こんなことになるはずないんだよな。本来のあのお方なら、今ごろとっくに――」

「……あのお方？」

独り言めいたつぶやきに交じる言葉を、私はぽつりと繰《く》り返す。

ルフレ様がはっとしたように口を押さえるけれど、もう遅《おそ》い。聞こえてしまった。

「神様が、なにか関係しているんですか？」

ルフレ様の言う『あのお方』とは、神様のことだ。

だけど、神様がどうしてこの話題で出るのだろう。どうして、『本当に元に戻ったのなら』なんて言うのだろう。

ルフレ様の言い方では——まるで、今の神様が『本来の神様』ではないみたいだ。

「ルフレ様、今の、どういう意味ですか」

「……………俺からは、言うわけにはいかねーよ」

私の視線から逃《のが》れるように、ルフレ様は顔を背《そむ》けた。

口から手を下ろし、本の上で座り直すルフレ様は、いかにも苦々しそうだ。

「お前も知ってんだろ。神は自分の聖女のためにしか力を貸せねーの。特に、人間の未来に関《かか》わるようなことは、神は介入《かいにゅう》することができねーんだよ」

「人間の……未来？」

「これは、人間が自分で解決するべきことなんだ。俺が言っても意味がないし、なにも変わらない。他の神に聞いても、たぶん同じことを言うぞ。……それでも気になるなら、直接あのお方に聞くんだな。仮にもお前は、聖女なんだから」

——直接。

それはそう。神々のどなたか、ではなく最初から神様に聞くべきだった。

だけどソワレ様のことがあって、機を逸《いっ》してしまったのだ。神様が、妙なことを言うから——。

「…………それよりさあ」

無意識に朝のことを思い出す私に、ルフレ様はちらりと視線を向けた。

「お前、ソワレに会ったんだってな」

まるで狙《ねら》いすましたような問いである。私は思わず、本を手にしたまま凍《こお》り付く。

返事もせずに強張《こわば》る私をどう見たのか、ルフレ様はがしがしと髪を掻《か》いた。

「あいつ、たぶんなんか変なことしただろ」

「…………しました」

私は押し殺したような声で答える。

ソワレ様の『変なこと』以降、神様と私の間に漂《ただよ》う空気は、実に居心地《いごこち》が悪かった。

神様はそわそわ落ち着かないし、私もどう反応すればいいのかわからない。交《か》わす言葉はぎこちなく、なんとなく視線も合わせられない。

ただでさえ慣れない人の姿の神様なのに、そのうえこの調子では、気まずいことこの上ない。それもこれも、発端《ほったん》はすべてソワレ様なのである。

「あいつのことは気にするな。あいつ、なんていうか生意気なんだよ。背伸《せの》びをしたがるというか、大人の女ぶりたがるというか……」

ソワレ様も、ルフレ様にだけは『生意気』と言われたくないと思う。

などと失礼なことを考えつつも、私は朝の気まずさを思い出して口をつぐむ。そんな私を横目に、ルフレ様もまた、なんとも気まずそうにごにょごにょと口を動かした。

「単にお前をからかっただけだ。あいつには、ちゃんと本命の『王子様』がいるからな」

「本命」

「もちろん、あのお方じゃねーぞ」

私の思考を先回りして、ルフレ様が釘《くぎ》を刺《さ》す。

つまり、ソワレ様には神様以外の誰か本命がいるということだ。

――そう……なんだ。

神様は誤解だと言っていたけれど、ソワレ様も本気ではなかったのだ。あれはじゃあ、本当にただのたちの悪いいたずらでしかない。

――だから、どうしたってことはないけど……。

なんとなく、体の強張りが解けるような心地がした。なんというわけではないけれど、なんともほっと息を吐く。

「……………その反応さ」

そんな私とは対照的に、ルフレ様の顔は強張っていた。

その顔で再び頭を掻くと、彼は迷うようにきつく目を閉じる。

「いや、もういい。いい加減はっきり聞くぞ！」

そして再び顔を上げたとき、彼の瞳《ひとみ》は強く私を射貫《いぬ》いていた。

ぎくりとするほどの瞳の色に、私は知らず足を引く。その引いた距離《きょり》を縮めようと、ルフレ様は本から立ち上がって歩み寄り――。

「どうなんだよ、お前。あのお方のこと――――」

「――ソワレ様!!」

足を踏《ふ》み出したところで、書庫に大声が響《ひび》き渡《わた》った。

同時に、慌《あわ》ただしげな足音が聞こえてくる。ばたばたと近づいてくる足音に、ルフレ様が「くそぅ……」と気の毒な声を漏《も》らしたのは置いておいて。

「ソワレ様、こちらにいらっしゃるんですよね!?　捜《さが》しましたよ！」

足音は、ちょうど私のいる書棚《しょだな》の手前で止まる。

どうやら、まさに私たちの下《もと》へ向かってきているらしい。薄暗《うすくら》がりから歩いてくる人影《ひとかげ》に、私は眉を寄せた。

「ソワレ様はいらっしゃいませんよ。ルフレ様ならいますけど……」

「ルフレ様……？」

人影は呆《ほう》けたようにそう言うと、カツンとさらに数歩足を進めてくる。

そうして暗がりから現れた人の姿に、私は目を見開いた。

私の視線の先にいるのは、端整《たんせい》な顔立ちの男性だ。

だけど神官でも、神殿《しんでん》を守る兵でもない。神殿に祈《いの》りに来た参拝客でもない。

私たちと同じ白を基調とした服を纏《まと》う、珍しい男性の『聖女』だった。


神殿に暮らす神々は、もちろん男性だけではない。数は少ないけれど女神《めがみ》もいて、女神に仕える聖女もまた存在する。

男なのに『聖女』とはなにごとか？　とは思うけれど、この呼び名はいわば役職のようなものだ。最初の神の伴侶《はんりょ》である建国神話の少女を聖女と呼んだことから、以降の神の伴侶はすべて『聖女』と呼ばれるようになってしまったらしい。

そんなややこしい『男性の聖女』は、女社会の聖女の間ではよく目立つ。

中でも、ひときわ目を引くのが、目の前で気恥《きは》ずかしげに頭を掻く彼だった。

「いやあ、恥ずかしいな。ソワレ様とルフレ様の神気を勘違《かんちが》いしていたみたいだ」

彼の名前は、マティアス・ベルクール。

有力貴族であるベルクール侯爵《こうしゃく》家の子息にして、闇《やみ》の女神ソワレ様の聖女である。

「やっぱり双子《ふたご》でいらっしゃるから、神気がよく似ているんだ。それでも普段《ふだん》は間違えないんだけど……慌てていたからかな。騒《さわ》がせてしまってすまないね」

書棚の奥から現れたマティアス様は、そう言って弱ったように目を細めた。

その、何気ない笑《え》みの破壊《はかい》力に、私は「うっ」と内心で呻《うめ》く。

――ま、まぶしい……！

圧倒《あっとう》的美貌《びぼう》を持つ神々とは、また別の輝《かがや》きを放つ人物だ。年は二十歳《はたち》を少し過ぎたころ。顔立ちは華《はな》やかで、物腰《ものごし》はやわらかく、なにより、顔に浮《う》かぶ笑みがやたらと甘い。

――この方が……ソワレ様の本命……！

なるほどたしかに、まるで物語から抜け出したような『王子様』だ。埃《ほこり》っぽい書庫なのに、ここだけ光り輝いて見える。

ちなみに光の神であるルフレ様はすでにいない。相変わらずの逃《に》げ足で、人の気配を感じた瞬間《しゅんかん》に去って行ってしまっていた――というのは置いておいて。

「ええと……君はたしか、エレノア君だったかな。もしソワレ様を見つけたら、屋敷《やしき》に戻《もど》ってくるように伝えてくれないか」

「あ、はい。わかりま――」

した、までは言えなかった。言うよりも先に、横からぐいと押しのけられたからだ。

「マティアス様、奇遇《きぐう》ですね！　ソワレ様を捜していらっしゃるんですか⁉」

「どこに行かれたんでしょう。こんな時間にいなくなるなんて、心配ですね！」

横から割り込んできたのは、輝きに惹《ひ》かれてやってきた――もとい、騒ぎ声を聞きつけてやってきたらしい、マリとソフィだ。二人より少し遅《おく》れて、リディアーヌもこちらへ顔を覗《のぞ》かせる。

どうやらリディアーヌは、特にマティアス様に声をかけるつもりはないらしい。距離を置いたまま様子を窺《うかが》う彼女をよそに、マリとソフィはどこまでもぐいぐい前へ出る。

「もしかして、おひとりでいなくなられたんですか⁉」

「そんなに慌てられて……なにか事件でも⁉」

「ああ、いや、そういうわけではなく……たぶん神官の誰《だれ》かと一緒《いっしょ》にいるとは思うんだ」

突然《とつぜん》割り込んできた二人に、マティアス様はたじろいだ。

それでも、笑みを絶やさないのはさすがである。彼は苦笑いを浮かべて、私から二人へと視線を移した。

「ソワレ様は、神官と仲が良いからね。それに気まぐれな方だから、興味があるとどこにでもついて行ってしまうんだよ」

「へえ……神官と……」

「じゃあ、神官とふたりきりかもしれないんですね。……不安じゃありません？」

マリたちの言葉は意味深だ。もちろんこの二人はソワレ様の噂《うわさ》を知っているし、どうやらあまりいい印象を抱《いだ》いてもいないらしかった。

――まあ、ソワレ様のことをよく思っている聖女って少ないけど。

なにせ、噂が噂である。聖女の本命はもちろん神様ではあるのだけど、それはそれとして、若い男性陣《じん》の注目を一身に集める女性というのは、いろいろとあるのである。

「不安に？　僕が？」

だけど、マリたちの意地の悪い問いに、マティアス様は意外そうに瞬《またた》いた。

「ソワレ様は、噂されるような方じゃないよ。神官たちと仲が良いのも、ソワレ様のお優《やさ》しさだ。ほら、同じ神に仕える人間でも、聖女のことは神々が見守ってくださるけど、神官はそうではないだろう？」

「………………」

「だから、ソワレ様は神官たちを憐《あわ》れんでくださっているんだ。そのせいで、変なことも言われちゃうけどね。それでも僕はソワレ様の聖女であることを誇《ほこ》りに思っているよ」

そう言うと、マティアス様は輝かしい笑みを浮かべた。

マリとソフィは、その笑みを前に顔を見合わせる。交《か》わす二人の表情は、少し渋《しぶ》くて、少しやっかみがあって、少しだけ――羨《うらや》ましそうだった。

その羨ましさがソワレ様に向けたものか、マティアス様に向けたものかはわからない。

「……ソワレ様のこと、本当に信頼《しんらい》していらっしゃるんですね」

「もちろん。だって、僕はソワレ様の聖女だから」

マティアス様は迷いなく頷《うなず》き、誇らしげに胸を張った。

顔に浮かぶのは、やはり笑みだ。だけど先ほどまでの、甘い笑みとは違う。

はっと見る人の目を引く──自信と信頼に満ちた、聖女の顔だった。

「仕える神を信じられないなんて、聖女として失格だろう?」

その顔で、その爽《さわ》やかさで、彼はさっくりと私を刺《さ》し貫《つらぬ》く言葉を口にした。


ソワレ様を再び捜しに、マティアス様は颯爽《さっそう》と書庫を去っていった。

「はー……かっこよかった!」

「マティアス様、見た目だけじゃなくてイケメンすぎるわ!」

「あれでソワレ様の聖女でなければ完璧《かんぺき》なのにね。あんなに素敵《すてき》な方がいて、神官たちとばっかり遊んでるなんて信じられないわ」

「わたしだったら、ずーっとマティアス様のお傍《そば》にいるのになあ。ねえエレノア──エレノア?」

──聖女……失格……。

さっくり刺し貫かれた私は虫の息である。マティアス様が去ったあとも、頭をぐるぐると同じ言葉が巡《めぐ》る。聖女は神を信じるもの。疑ったりはしない。そんなことをするのは、聖女として失格……。

「エレノア! 聞いてるの!?」

「えっ、なに、マリ!?」

突然に体を揺《ゆ》さぶられ、なにも聞いていなかった私は飛び跳《は》ねるほど驚《おどろ》いた。

いったいどうしたのかとマリに視線を向ければ、彼女は呆《あき》れた顔で首を振《ふ》る。

「ああもう、信じられない！　あんないい男がいるのにぼーっとしてるなんて！」

「エレノアになんて聞いちゃだめよ。ねえリディアーヌ」

一方のソフィは、早々に私を見捨てたらしい。さっさと私から目を逸《そ》らし、書棚の奥へいたリディアーヌへ呼びかける。

「リディアーヌ、あなたならマティアス様の魅力《みりょく》がわかるわよね。あんないい男、貴族にだってなかなかいないでしょう？」

「マティアス・ベルクールがいい男？」

しかし、リディアーヌの反応は鈍《にぶ》い。ソフィの問いに彼女は瞬き、ピンとこない様子で眉《まゆ》をひそめた。

「……そうかしら？」

ままならない反応に、マリとソフィが同時に呻いた。

「二人とも神様がお傍にいるからって、この幸せ者が――！」

幸せ者。

——……幸せ者、かあ。


「——はい、浄化《じょうか》が終わりましたよ、エレノアさん」

翌日。いつもの神様の部屋。いつものように穢《けが》れの浄化を終え、神様がそう言った。

その言葉と同時に、私はぱっと神様に触《ふ》れていた手を離《はな》す。

我ながら逃《に》げるような手つきだけど、どうしようもない。いつもの穢れの浄化——とはいっても、神様の方がいつも通りではなさすぎるのだ。

「あの、神様……」

離した手を所在なく握《にぎ》りつつ、私はテーブルを挟《はさ》んで向かい側に座《すわ》る神様を窺い見る。

触れるのは指先だけでいい、とは言うものの、こちらも年頃《としごろ》の乙女《おとめ》なのだ。見知らぬ男性に触れるのは——いや、見知らぬではないのだけど、なんにしても見慣れぬ男性に触れるのには抵抗《ていこう》があった。

「この穢れの浄化って、本当に続けないといけないんですか」

私が言えば、向かいの神様が目を瞬かせた。私の顔をまじまじと見つめてから、彼は不安げに問い返す。

「……もしかして、ご負担でしたか？」

「ああ、いえいえ、そういうわけではなく！」

負担であるかどうかといえば、神様の穢れの浄化はまったく負担がなかった。触れるのは一瞬《いっしゅん》。苦痛どころか、穢れを浄化したという感覚すらもない。一度だけ、穢れを渡《わた》されすぎて倒《たお》れたことがあるけれど、それ以外に神様は失敗らしい失敗をしたことがなかった。

ただ――と思いながら、私はなんとも歯切れの悪い声を出す。

「こう……直接触《さわ》らないといけないんでしょうか」

乙女的には、せめて服越《ご》しとか、間接的な触れ合いをお願いしたい。

そう思って尋《たず》ねてみたものの、神様の反応は芳《かんば》しくなかった。

「不可能……では……ないですが……」

彼は考えるように眉間《みけん》にしわを寄せ、絞《しぼ》り出すような声を出した。もうそれだけで、相当に難しいのだとわかってしまう。

――いえ、わかっていたわ。ちょっと聞いてみただけで。

わかっていたけれど、やっぱり今後も続けなければならないらしい。落胆《らくたん》――とは少し違《ちが》う気持ちで自分の手を見下ろせば、神様が申し訳なさそうに付け加える。

「穢れの扱《あつか》いは繊細《せんさい》で……加減を間違えるとすぐに渡しすぎてしまうんです。穢れに呑《の》まれるとまでは言わなくとも、苦痛を感じさせてしまうくらいには」

「…………」

「特に、私はかなりの量の穢れを抱《かか》えていますから。エレノアさんの身に危険があるかもしれません」

――かなりの量の穢れ。

何気なく言った神様の言葉を、私は心の中で繰《く》り返す。

神様の姿は変わっても、まだその身の内には穢れが残っている。そのことが、やっぱりどうしても引っかかるのだ。

だって神様が姿を失ったのは、穢れが原因のはず。穢れがなくなれば元の姿に戻《もど》れると聞いたからこそ、私はずっと穢れの浄化を続けていた。

なのに――と思いかけ、私は慌《あわ》てて首を振る。

――いいえ、うじうじ悩《なや》んでいても仕方がないわ！

どうせ私では、答えが出ないのだ。直接聞くように――とは、ルフレ様も言っていたこと。ここは度胸を出すしかない！

「あの、神様！　お聞きしたいことがあるんですが！」

内心でぱちんと頬《ほお》を叩《たた》くと、私は覚悟《かくご》を決めて顔を上げた。

真正面では神様が、私の覚悟など知らず小首を傾《かし》げている。

「どうされました？」

「神様は、最近神殿《しんでん》で穢れが増えていることを知っていますか？」

私は努めて平静に、なんてことがないようにそう切り出した。

別に、たいした話をするわけではない。ちょっと確認《かくにん》するだけだ。そう自分に言い聞かせながらも、ついつい力が入るのは仕方がない。私は前のめりに口を開き――。

「私の元婚約者《こんやく》のエリックが、失踪《しっそう》したらしいんです。その原因が穢れらしくて――」

「ああ」

その先を言うより先に、神様が淡々《たんたん》とつぶやいた。

「……やっぱり、そうなったんですね」

――…………やっぱり？

続く言葉は出なかった。前のめりの姿勢のまま、私は口をつぐんで息を呑む。

だって、『やっぱり』はおかしい。その言い方だと、まるで――。

まるで最初から、エリックが穢れに呑まれることを、わかっていたみたいではないか。

「エレノアさん」

黙《だま》り込む私に、ふと神様が呼びかける。

はっと視線を向けた先。私を映し込む金の瞳《ひとみ》にぎくりとした。

神様の表情は穏《おだ》やかで、いつもと変わらない。なのにどうしてか、呑み込まれるような気配がある。

「最近は、神殿も物騒《ぶっそう》です。いつ、どこに穢れが現れるかわかりません」

そう言うと、不意に神様は手を伸《の》ばした。

そのまま、一度離れた私の手を掴《つか》みなおす。穢れの浄化のような、指先一本ではない。神様の手のひらが、私の手を包み込んでいる。

「か、神様!? 穢れの浄化は終わりましたよね!?」

「ええ」

動揺《どうよう》する私に、神様は笑《え》みで答えた。

ひどく落ち着いたその表情に、私は余計に落ち着かない。私一人が、手の感触《かんしょく》に緊張《きんちょう》しているような心地《ここち》になる。

「ただ、それならエレノアさんに危険がないよう、おまじないをさせていただこうと」

「おまじない、ですか……!?」

思いがけない単語に問い返せば、神様が頷《うなず》く。

「穢れ除《よ》けのおまじないです。いざというときにエレノアさんを守れるように」

その言葉とともに、握られた手にぽっと熱が宿る。魔法《まほう》に似ているけれど、魔力とは違う。これはもっと尊く偉大《いだい》な——。

――……神のご加護？

「エレノアさんが、ご無事でありますように」

にこりと微笑《ほほえ》む神様を、私は仰《あお》ぎ見た。

――誤魔化《ごまか》された……？

見透《みす》かしたような目の色に、だけど私は浮《う》かんだ疑惑《ぎわく》を呑《の》む。

だって、聖女は神を信じるものだ。

力が戻《もど》っていないのに、どうして加護を与《あた》えられるのだろう。どうして穢れ除けのおまじないができて、どうして――神様はエリックの失踪を知っていたのだろう？

――本当は、神様がやったんじゃないんですか？

それを口にしたら、すべてが変わってしまうような気がしたのだ。

以降の私は、空き時間さえあれば穢れの原因について調べていた。

神様のお世話を終えたあと、食堂の清掃《せいそう》アルバイトがあるときは、厨房《ちゆうぼう》担当の神官や料理人たちから話を聞き、宿舎の草むしりアルバイトをしているときは、宿舎の管理人に最近の穢れの噂話《うわさばなし》を聞き。それ以外の日は食堂でリディアーヌたちとの進捗《しんちよく》報告会や作戦会議。夜寝《ね》る前には、書庫から借りてきた穢《けが》れに関する書物を眺《なが》める日々。

だけど成果らしい成果は得られないまま、一か月。誰かに神様のことを相談もできず、焦《あせ》りだけを増しながら、季節は初夏から夏の盛《さか》りへと移っていた。

いや、増したのは焦りだけではない。日を追うごとにもう一つ。穢れの目撃《もくげき》情報もまた増えていた。

もはや神殿内で、穢れの出ない日はない。神殿外での穢れも看過できないほどに増え、王家や民《たみ》の神殿へと向ける視線は、言い逃《のが》れできないほど厳しくなっているという。

神殿の緊張は高まっていた。これ以上穢れの被害《ひがい》は報告できないと、神殿内では厳戒《げんかい》態勢が敷《し》かれ、穢れを警戒《けいかい》する兵がひっきりなしに巡回《じゅんかい》する。神官たちは穢れの被害を訴《うった》える民の対応に追われて忙《いそが》しく駆《か》け回り、一方で聖女たちには、なるべく外出を控《ひか》えるようにとの通達が出ていた。

特に、夜間の外出は厳禁だ。基本的に穢れの多くは動きが鈍《にぶ》く、たとえ出くわしても逃《に》げるだけなら難しくない。

だけど、それも穢れの姿がよく見える日中の話。夜になると穢れは闇《やみ》に紛《まぎ》れ、近くにいても気づかない。夜だから凶暴《きょうぼう》性が増す、というわけではないけれど、危険性は段違いだ。

誰《だれ》でも、自分の命は惜《お》しいもの。神殿の夜は静けさを増し、息をひそめるように朝を待つようになっていた。

再び『彼女』に会ったのは、そんな折だった。

――まずい、まずい、まずいわ……！

そろそろ満月の近づく夏の夕暮れ。薄《うす》い雲が、まばらに空を流れる日。

書庫で本を借りるのに手間取ってしまい、ランタンを片手に慌てて宿舎へ戻る道すがら。暗くなっていく空を見上げて、私は焦りに焦っていた。

――もうすぐ夜になるわ。早く宿舎に戻らないと……！　夜に歩いているのが見つかったら反省文よ！

いかに聖女とはいえ、神殿の規則には逆らえない。

夜間の外出禁止を破れば、当然ながら罰《ばつ》がある。反省室と呼ばれる説教部屋に押し込まれ、分厚い反省文を書き終えるまで、謹慎《きんしん》という名の軟禁《なんきん》をされるのだ。

一度反省室に入れられれば、最低でもまる一日は出られない。一分一秒でも惜しい今の私としては、なんとしても避《さ》けたい事態だった。

――この距離《きょり》なら、ギリギリ夜になる前に帰れるとは思うけど……！

空の端《はし》には陽光の切れ端が覗《のぞ》いている。今ならまだ、『夜間外出』とまでは言えない。

宿舎まではあと少し。太陽が沈《しず》み切る前には戻ろうと、足を速めたときだ。

――……あれ。

速めた足の先に、なにか妙《みょう》なものが見えた。

視界に映るのは、宿舎へと続く並木道だ。並木の先は雑木林になっていて、夕暮れの日を受けて深い影《かげ》を落としている。

その影の中に、なにかがいる。風に揺《ゆ》れる木の影に紛れ、揺れずにたたずむ二つの影。

ひとつは、輪郭《りんかく》も危《あや》うい、人とも言えない崩《くず》れかけのなにか。

もうひとつは——見覚えのある、華奢《きゃしゃ》な少女だ。

——ソワレ様。

私が見たのは、闇の女神《めがみ》ソワレが穢れと対峙《たいじ》しているところだった。


許されないことをした。

「————……さま」

ぽたりと、体から重いしずくが滴《したた》り落ちる。自分が今どうなっているのか、『彼』は理解していなかった。

ここがどこなのかわからない。どこに向かおうとしているのかもわからない。目の前も、たぶん見えていない。

「――アマ……ルダ……さま……」

許されざることをした。事実、彼は許されなかった。

すべてが上層部に知られたとき、彼を含《ふく》めた数人の仲間たちが神殿《しんでん》を追い出された。

決してこのことを口外することはないように。強く言い含められた言葉を彼は守り、守り続けるほどに心は重く淀《よど》んでいった。

「アマルダさま……」

それでもすべては、彼女の喜びのためだ。醜《みにく》い無能神に、彼女を捧《ささ》げることなどできはしない。彼女ほど清らかで、まぶしい人間はいない。彼女ほど、偉大なる神の聖女に相応《ふさわ》しい人間はいない。

だからあれは、偽《いつわ》りであろうと正しかったのだ！

罪の重さと自己の正当化を繰《く》り返し、繰り返し、ついに耐《た》え切れず押しつぶされたとき、彼は気付けばここにいた。肉体を呑《の》んだ妄念《もうねん》の塊《かたまり》となり、再び神殿をさ迷い歩いていた。

おぼろな体の進む先は、この神殿で最も清らかな者のいる場所だ。見えない顔を上げ、存在しない目が見据《みす》えるのは、最高神グランヴェリテと、その聖女の住む屋敷《やしき》だった。

「アマルダさま……たす、けて……」

だけどその体は、それ以上先へは進むことができなかった。

触《ふ》れれば他者を呑む体に、触れるものがある。この黒い感情を受け止める腕《うで》がある。

「あの子は、あなたの救いにはならないよ」

耳にしたのは、優《やさ》しい声だった。遠く、消えかけた記憶の底に残る、誰かの声。

それは、まだ彼がアマルダを慕《した》うようになる前。神殿に来たばかりの彼に、最初に声をかけてくれたひとのものだ。

『——向いてないよ』

あの声は、誰のものだったろう。アマルダのような、眩《まぶ》しい光とは真逆の、光を求める彼が手放してしまった、もの。

『神殿、出て行った方がいい。あなたみたいな子には、苦しいだけだよ』

「……だから言ったのに」

崩れかけの体を包み込むのは、闇だった。この身を苛《さいな》む闇とは違《ちが》う、優しくて懐《なつ》かしい暗闇。

もうなにも思い出せないまま、彼はその闇に身を任せた。闇は母のように、姉のように、妄念に崩れた彼の体を撫《な》でる。身を苛む嘆《なげ》きを、なにも言わないまま受け止める。

「……おやすみ」

どろりと重い体が消えていく。まるで目を閉じるように、小さな闇に受け入れられる
——その、寸前。

「……っ！　だめ……！」

消えかけた彼に与《あた》えられたのは、残酷《ざんこく》な拒絶《きょぜつ》だった。

「受け止めきれない――」

――

弾《はじ》かれたように、穢れを手放してしまった。

蠢《うごめ》く穢れにもう一度触れることができないまま、ソワレは愕然《がくぜん》と自分の手を見下ろす。

――受け止められなかった。

ソワレの手は、日の落ちた薄暗がりの下でもわかるほど黒く染まっていた。指先から腕の半ばまでは真っ暗で、その先もにじむように影が侵食《しんしょく》している。

体は重く、感覚があやふやだった。歩き出そうにも、足に力が入らない。気を抜《ぬ》けば、すぐに膝《ひざ》から崩れ落ちてしまいそうだった。

――もう、限界なの……？

自分の手を見つめ、ソワレは息を呑む。

無茶をしてきた自覚はある。それでも、まだあと少しは持つと思っていた。思った以上に早い終焉《しゅうえん》の予感に、ソワレの表情が歪《ゆが》んでいく。

――王子さま。

ソワレにはもう、彼の行く末を見届けることもできないのだろうか。

絶望にも似た気持ちが、穢《けが》れに染まるソワレの心を満たしていった。

がさりと茂《しげ》みをかき分ける音を聞いたのは、そんなときだ。

穢れとは違う物音に、ソワレははっと茂みへと振《ふ》り返る。

——見られるわけにはいかない。

今の姿を、人間たちがどんな目で見るかわかっていた。『あの方』でさえも、人間たちは疎《うと》み、蔑《さげす》んだのだ。

見られたくはなかった。だけど、逃《に》げようにも足が動かない。

怯《おび》えた顔で、揺れる茂みを見つめる先。

「——ああ、やっぱりソワレ様だわ！」

現れた少女はソワレを見て、その体を見て、想像通りにぎょっと驚《おどろ》いた顔をして——。

「そのお体、どうされたんです！　大丈夫《だいじょうぶ》ですか⁉」

想像もしない勢いで、躊躇《ちゅうちょ》もせずにソワレに駆《か》け寄った。


私の姿に気が付くと、ソワレ様は問答無用で背を向けた。

そのまま、迷うことなく逃げ出そうとする。手負いの野生動物みたいな反応に、私は慌《あわ》てて手を伸《の》ばした。

「いえ、待って待って！」

茂みをかき分けている間に、一部始終は目にしていた。穢れと対峙するソワレ様と、その顔に浮《う》かぶ苦しげな表情。黒く染まった両腕《りょううで》も見てしまっては、夜間外出うんぬんとは言っていられない。明らかに様子のおかしなソワレ様を放《ほう》って帰ることはできなかった。

「ソワレ様！」

逃げるソワレ様を引き留めようと、私は伸ばした手で彼女の腕を掴《つか》む。ぐっと力を込《こ》めて握《にぎ》りしめた瞬間《しゅんかん》、だけど私は、危うく彼女の手を離《はな》しそうになった。

――やわらか……っ⁉

手のひらに伝わるのは、明らかに腕の感触《かんしょく》ではなかった。まるで、骨のない肉だけを掴んだかのようだ。指先が硬《かた》い部分に一切《いっさい》触れず、沈み込んでいく。

「……これって、どうされたんですか？」

異様な感触に戸惑《とまど》いながら、私はソワレ様を窺《うかが》い見る。

私の視線に、一瞬、ソワレ様は怯えたように身を竦《すく》ませた。びくりと肩《かた》を強張《こわば》らせ、一歩だけ足を引き――だけどすぐに、そっぽを向いてこう言った。

「知らない」

「はい？」

「知ってても言わない。気になるなら自分で考えれば？」

――……は？

横を向くソワレ様の口元が、意地悪そうに歪む。ちらりと私に向けた目を細め、浮かべた表情は妙《みょう》に大人びた不敵な笑《え》みだ。

思いがけない反応に、私の理解が追いつかない。

「なあに、それとも自分では考えられないの？　わたしに教えてほしいって？　でも、ざーんねん。わたし、女の子に興味はないから」

そんな私を小馬鹿《こばか》にするように、ソワレ様はくすくすと笑った。神経を逆なでするような笑い声が、暗い雑木林にこだまする。

「わたしに取り入れるとでも思った？　弱みを握ったとか思っちゃった？　期待させちゃってごめんねー。これ、放っておけばすぐに戻《もど》るから」

は？　と思いながらも、私は笑い続けるソワレ様を見下ろした。

ソワレ様と顔を合わせたのは二回だけ。言葉を交《か》わしたのは、今回が初めてだ。

それでも、不思議と既視《きし》感がある。この人を小馬鹿にする態度。この、ちょっとイラッとさせる顔つき。仮にも相手は神、敬わなければ――という気持ちを、きれいさっぱり捨てさせる、この感じ、心当たりのある神がいる。

──ルフレ様にそっくり！　さすがは双子《ふたご》だわ！

「あれ？　怒《おこ》っちゃった？　思い通りにいかないからって、人間ってほんと単純。それとも、あなたが単純なだけ？」

「この──」

ルフレ様と思うと、私の肩にも力が入る。生意気な声に、顔が勝手にしかめられる。

苦い顔でわなわな震《ふる》える私を見ても、ソワレ様の態度は変わらない。むしろ楽しそうに、余計に笑う彼女に、私は──。

「こんなのが聖女候補とか、あの方の趣味《しゅみ》もわからな──」

「生意気なことを言うんじゃない、このお子様神！」

「い！　いひゃい！　ほっぺ引っ張らないでよ!!」

手が出た。

気付いたときにはソワレ様の腕から手を離し、代わりにその頰《ほお》を引っ張っていた。

「フラフラのくせに、よくも偉《えら》そうなことが言えたわね!?　子どもみたいなこと言ってないで、いいから助けられてなさい！」

「こ、子どもじゃないもん！　わたし、あなたよりずっと年上なんだから！　子ども扱《あつか》いしないで！」

「『もん』！　じゃない！　そんな体で逃げようなんて、大人のすることじゃないわよ！」

どこからどう見ても子どもなソワレ様を叱《しか》りつけると、私は視線を雑木林の外へ向ける。

いかに生意気なお子様でも、こんな状態では放ってはおけない。穢れの浄化《じょうか》をするにしても、どこかで療養《りょうよう》するにしても、一度ソワレ様自身の屋敷《やしき》へ戻ってもらうべきだろう。

だけど、私の力ではソワレ様を運ぶことは難しい。ならば必要なのは男手である。

「いいから、大人しく待っていてください！　人を呼んできますから！」

今の神殿《しんでん》なら、すぐに巡回《じゅんかい》の兵を捕《つか》まえられるだろう。

気が付けば、もう言い訳もできないくらいの夜。見つかってしまえば反省室行きは免《まぬか》れないけど、こうなっては仕方がない。観念して、私は雑木林の先へと足を踏《ふ》み出した。

「呼ばなくていいよ」

その足を、背後のソワレ様が止める。

声ににじむのは、あからさまな不機嫌《ふきげん》さだ。この期《ご》に及《およ》んでまだ意地を張るのかと、私はため息交じりに振り返り――。

「ソワレ様、まだそんなこと言って――」

「本当に、いらない。呼ばなくても捜《さが》しにくるもん」

続くソワレ様の、思いがけない言葉に瞬《また》いた。

「……捜しにくる？」

「わたしが屋敷にいないと、神気を追ってきちゃうの。心配性《しょう》だから」

ソワレ様は苦い顔で、どこか皮肉げに口を曲げる。

それからすぐに首を振り、戸惑う私にくるりと背を向けた。またしても逃げるつもりかと、私は慌てて呼び止める。

「ソワレ様！　大人しく待っていなさいって――」

「やーだ。絶対にやだ」

もちろん、そんなものソワレ様は聞きもしない。返ってくるのは、相変わらず生意気な言葉である。

だけど、その口調だけは先ほどまでとは少し違《ちが》っていた。

声の中に、意地っ張りな子どもとは別の――落ち着きのある、大人びた響《ひび》きがある。

「あなたも、子どもじゃないならわかるでしょ？」

ソワレ様はそう言って、ちらりと顔だけで私へと振り返った。

夜闇《よやみ》の中に浮かぶのは、闇に溶《と》けそうな黒い髪《かみ》と、細められた黒い瞳《ひとみ》。かすかに持ち上げられた口角に、私は思わずドキリとする。

今の彼女が浮かべるのは、幼い子どもの表情ではない。それでいて、無理につくったような、大人びた顔でもない。

「好きな人に、この姿見せたくないの」

それはただ、恋《こい》をするひとりの女性の笑みだった。

「じゃあね」

知らず目を奪《うば》われていた私に手を振《ふ》ると、彼女は私から顔を逸《そ》らした。

私はようやく我に返り、夜の空を見上げる彼女へと手を伸ばす——が。

「ソワレ様、待って——」

その手は彼女に届かない。夜空に向けて地面を蹴《け》った彼女は、まるで溶けて消えるように、そのまま闇の中へと去っていく。

暗闇を握り、立ち尽《つ》くす私の背後からは、茂《しげ》みを揺《ゆ》らしてこちらに向かってくる、誰《だれ》かの足音が響いていた。


「本当に、ソワレ様はこちらにいるんだな⁉」

「そのはずですよ。魔力《まりょく》に長《た》けた神官が、ここで神気の放出の気配があると報告してきましたので。まあ、今もいるかはわかりませんがね」

「他人事《ひとごと》のように……！　ソワレ様になにかあったらどうするんだ！　くっ……どうかご無事で、ソワレ様‼」

ソワレ様が去ったあと、少し遅《おく》れて聞こえたのは、マティアス様の声だった。

どうやらソワレ様の言う通り、彼女の行方《ゆくえ》を捜しに来てくれたらしい。神官を連れて近づいてくる声に、私はこの状況《じょうきょう》をなんと説明したものかと振り返り——。

「──げ」

マティアス様とともにやってきた神官を見て、令嬢《れいじょう》らしからぬ声を上げてしまった。

「……なんだ。無能神の聖女が、どうして夜にこんな場所にいる？」

雑木林からぬっと現れたのは、よりにもよって巨漢《きょかん》の神官レナルドだ。

彼は雑木林に一人立ち尽くす私を見ると、肉厚な目を吊《つ》り上げた。

「言動に気を付けろと言ったことを忘れたのか。まさか、またアマルダ様の邪魔《じゃま》をするつもりじゃないだろうな」

レナルドの顔に浮《う》かぶのは、あらわな不快感だ。アマルダへの愛想のよさなど忘れたように顔をしかめ、口からはうんざりとしたようなため息を吐《つ》く。

「穢《けが》れの原因を探しているらしいとは、話に聞いている。仮にも聖女が、自分の神も放《ほう》って探偵《たんてい》ごっこか。本当に面倒《めんどう》しか起こさない奴《やつ》だな」

「お世話は……ちゃんとしているわよ……」

私はレナルドの言葉に、ごにょごにょと言い返す。

強く言い返せないのは、後ろ暗い立場の自覚があるからだ。今の私は、夜間外出禁止の規則破りの現行犯なのである。

「どうだか。規則も守れない奴の言うことがどれだけ信用できる？」

ソワレ様を捜すマティアス様を、レナルドは手伝おうともしない。周囲を見回すこともさえもせず、彼は私を見据《みす》えて苛立《いらだ》たしげに顔の肉を歪《ゆが》ませた。

「穢れが増えて大変なときに、くだらないことしやがって。お前になにかあったら、誰が助けると思っているんだ？　無能神の聖女なんかのために、こっちは兵を割《さ》かなきゃならないんだぞ」

詰《なじ》るようなレナルドの言葉に、私はぐっと奥歯を嚙《か》む。

聖女だなんだと言ったところで、特別な力を持つのは仕える神々の方だ。その神々も姿を消した今の神殿では、聖女たちに身を守る方法はない。

穢れのはびこる神殿で、聖女が頼《たよ》るのは神殿兵だ。そして、兵の指揮をするのは神官の役目だとは、私もわかっている。

「……でも、助けてくれるのはソワレ様じゃない」

それでも、レナルドの物言いに、私はぼそりと言い返す。

見回りをする神殿兵には穢れを祓《はら》う力はない。

彼らの仕事は神殿内の警備を強化し、穢れを発見次第即座《しだいそくざ》にソワレ様を呼ぶことだ。

もちろん、それも重要な仕事ではある。だけど、『俺が助けてやってるんだ』という態度をされるのは、少々納得《なっとく》がいかなかった。

「あの女神《めがみ》が、助ける？」

そんな私の反論を、レナルドは「はん」と鼻で笑った。

「お前、本当にあれが頼りになると思っているのか？」

「────な」

「これだけ穢れが出ている状況で、あんなボロボロの女神になにができる？　あんなの、使い捨てにもならねえよ」

吐《は》き捨てるようなレナルドの言葉を、私はすぐに理解できなかった。

反射的に彼の肉厚な顔を見上げ、信じられないものを見るように目を見開く。

レナルドが口にしたのは、不遜《ふそん》どころではない。神をも畏《おそ》れぬ侮辱《ぶじょく》の言葉だ。

「なによ、その言い方……！」

私は別に、ソワレ様に良い印象を抱《いだ》いているわけでは決してない。彼女と話したのは先ほどがはじめてで、その内容も正直なところ楽しいものとは言えなかった──けど！

──よりによって、神官がそれを言う!?

今の神殿に穢れが出たとき、真っ先に頼られるのはソワレ様だ。穢れが出るたびにマティアス様とともに駆《か》けつけて、あの小さな体で穢れを受け止めてくれる。

両手を黒く染めて、好きな人には見せられない姿になってまで、彼女は私たちを助けてくれているのだ。

「そんな言い方はないでしょう!?　ソワレ様は神殿のために無茶をしてくれているのに！」

「無茶をしてくれなんて、頼《たの》んだ覚えはねえんだよ」

熱を持つ私とは対照的に、レナルドは冷たかった。

声も、表情も、私に向ける目もすべてが凍《こお》るようだ。感情の宿らないレナルドの態度に、私は知らず足を引いていた。

「感謝しろだ？　冗談《じょうだん》じゃねえ。全部あいつが勝手にやっていることなのに、なんでありがたがらなきゃなんねえんだ」

言葉のない私に、レナルドは大股《おおまた》で一歩近づいてくる。

その距離《きょり》で手を伸《の》ばし、乱暴に私を掴《つか》もうとして――。

「きれいごともいいが、現実を見ろよ、聖女様。あんな小娘《こむすめ》になにができると思って――」

「――レナルド君」

その手を、横から別の手が掴んだ。

太いレナルドの腕《うで》を片手で捩《ね》じ上げるのは――怒《いか》りを目に宿した、マティアス様だ。

「言いすぎだ」

優《やさ》しげな風貌《ふうぼう》には、今は怒りの色が満ちている。端整《たんせい》な横顔はしかめられ、巨漢のレナルドを睨《にら》みつけていた。

体格だけならば、マティアス様は細く、レナルドよりも小さい。それでも、レナルドは気迫《きはく》に圧《お》されたように足を引いた。

「それ以上、僕の神を侮辱することは許さない。エレノア君のこともだ」

「…………ちっ」

苛立たしげに舌打ちすると、レナルドはマティアス様の手を払う。

マティアス様も、それ以上はやり合うつもりはないらしい。無言のまま睨み続けるマティアス様の姿に、レナルドは眉根《まゆね》を寄せ――。

「わかりましたよ。……だが、こっちも仕事は仕事でしてね。夜にうろつく聖女を見過ごすわけにはいかないんですよ」

渋《しぶ》い顔で私を見た。

私はピシリと凍り付く。嫌《いや》な予感がする。

「風紀を乱す聖女には、それなりの処罰《しょばつ》が必要ですからね。――自分の神のためでもなく、この非常時に出歩いているんだ。見つかったらどうなるかわかっているだろうな？」

処刑《しょけい》を待つような顔で青ざめる私を見て、レナルドは口を曲げた。

そうして、いかにも底意地の悪そうな、にちゃあ……とした笑《え》みで宣言した。

「――謹慎《きんしん》と反省文だ！　百枚書くまでは、部屋から出られないと思え!!」

や、やっぱり――――!!

私の隣《となり》では、さすがのマティアス様が『これは庇《かば》えない』と言いたげに首を横に振《ふ》っていた。

エレノアが嘆《なげ》き、レナルドは気が晴れたように笑い、マティアスが気の毒そうに肩《かた》を竦《すく》める。騒《さわ》ぐ三人の横で――暗い影《かげ》が揺《ゆ》らめいた。

ソワレが受け止めきれなかった穢れが、どろりと揺れて下草の間を蠢《うごめ》く。

かすかな葉音を立てて移動するその穢れに、三人は気が付かなかった。

「あま……るだ……さま……たすけて……」

夜の風に、救いを求めるかすれた声が入り交じる。

穢れは重たく蠢きながら、ゆっくりと――しかしまっすぐに、雑木林の先にある最高神グランヴェリテの屋敷《やしき》へと向かっていた。

そこに、この世で最も清らかなものがある。醜《みにく》さの渦《うず》巻く神殿《しんでん》の中で、ただ一つの穢れないもの。

その清らかさに救われたかった。この苦痛を、理解してもらいたかった。

なにも言ってくれなくてもいい。醜い己《おのれ》を、ただ受け止めてほしかった。

「あま……るだ……さま……」

怒り、恨《うら》み、後悔《こうかい》。あふれ出た重たい感情は、ただ救いを求めていただけだ。

この見捨てられた大地に、もはや母神の愛は存在しない。人を赦《ゆる》すことができるのは、人だけなのだから。

「たすけて…………」

穢《けが》れは泥《どろ》のような嘆きの声を上げながら、光に集《つど》う虫のように這《は》い続けた。

いや——もはや光すらも、見えてはいなかったのだろう。

光が見えていれば、気が付いていたはずだ。光の待つ屋敷を覆《おお》う、深い暗闇《くらやみ》の存在に。

「たすけて、たす——」

穢れが屋敷の影に踏《ふ》み込んだ瞬間《しゅんかん》、声は途切《とぎ》れた。

元神官の生み出した穢れを待っていたのは、屋敷から滲《にじ》み出る巨大《きょだい》な影だ。

影は夜闇に紛《まぎ》れて蠢き、穢れを捕《と》らえて包み込む。そうして端《はし》からゆるりと溶《と》かし、溶けあい、一体化していく。

それはさながら、捕食《ほしょく》にも似た行為《こうい》だった。

——たすけて。

丸い月が暗闇を照らす晩。救いを求める穢れが最後に吐きだしたのは、さらなる苦痛の声だった。

「…………？」

なにか声を聞いた気がして、アマルダは窓の外へと振り返った。

かすかに耳に残るのは、呻《うめ》き声のようにも、誰《だれ》かの泣き声のようにも響《ひび》く音。だけど振り返った先に見えるのは暗闇だけだ。

黒で塗《ぬ》りつぶしたような、闇深い夜。窓の外には、月明かりすらも見えない。

どれほど耳を澄《す》ましても、物音は聞こえなかった。風の音もなく、葉擦《はず》れの音もなく、夜に鳴く鳥の声も響いてはこない。

「……気のせい？」

しんと静まり返った部屋で、アマルダは誰にともなく呟《つぶや》いた。

前にもこんなことがあったような気がする。けれど、いつのことだったかは思い出せない。たいして関心もないことだから、すっかり忘れてしまったのだ。

「疲《つか》れているのかしらね。こんな状況《じょうきょう》だから」

アマルダは窓から視線を外すと、やはり以前同様関心を引かれることなく頭を振る。

代わりにその視線を向けるのは、彼女の一番の関心事。グランヴェリテの屋敷の最奥《さいおう》で、玉座めいた椅子《いす》に腰《こし》を掛《か》ける無口な影だった。

「みんなに期待されてしまっているんだもの。私が神殿を――この国を救うんだって」

増え続ける穢れに、今や国中の人々が苦しんでいる。誰もが、アマルダの救いを待っているのだと、神官長はアマルダに切々と訴《うった》え続けていた。この危機的状況を変えられるのは、最高神の聖女であるアマルダだけなのだ、と。

きっと、そのことを少し気負いすぎているのだ。アマルダを求める人々の、「助けて」という幻聴《げんちょう》が聞こえてしまうくらいに。

「私だって、普通《ふつう》の女の子なのにね」

自分に向けられる数多《あまた》の期待に、アマルダは苦笑《くしょう》した。

アマルダは一生懸命《けんめい》なだけの、ごくごく普通の女の子だ。いきなり最高神に選ばれてしまったけれど、そのことは変わらないのに。

困るわ、と口の中で小さく呟いたときだった。

「――――アマルダ」

その呟きよりも、さらに小さな声が響く。静寂《せいじゃく》に消え入るようなかすかな声に、アマルダははっと息を呑《の》んだ。

アマルダの視線の先には、無口――であったはずの影がある。常に無表情で、不動の神。これまで指先一つ、眉一つ動かしたことのない最高神グランヴェリテが――。

「アマルダ――――」

アマルダを見据《みす》えて、ぎこちなく目を細める。絞《しぼ》り出すような重く低い声で、アマルダの名前を呼ぶ。

「グラン……ヴェリテ様……！」

まるで初めて体を動かすかのように、つたない動きで立ち上がろうとする最高神に、アマルダはよろりと歩み寄る。

体の中を、震《ふる》えるような興奮が満たしていた。不動の神が動いたことへの驚《おどろ》きと喜びに、言葉も出なかった。

最高神の聖女として、ずっとアマルダは一生懸命だった。重圧に耐《た》え、嫉妬《しっと》に耐え、期待に応《こた》えようと努力し続けた。

そんなこれまでの自分が、今ここで報《むく》われたのだ。

「グランヴェリテ様！」

立ち上がる最高神の手を取って、そっと体を預けるアマルダは――気付かなかった。

『アマルダ――――さま』

吐《は》き出される声に含《ふく》まれる、救いを乞《こ》うような響きにも。

『あまるださま』

部屋一面を埋《う》め尽《つ》くす、重たいほどに暗い影にも。

『あまるだざま』

体を寄せる己の神の、顔にさえ。

『だずげで』

別にアマルダは、見えないふりをしているわけではない。気付かないよう、目を背《そむ》けているわけでもない。

もとより――。

『だずげで』

『だずげで』

『だずげで』

『だずげで』

『だずげで』

彼女にとって、『それ』は無縁《むえん》の存在というだけ。

端《はな》から目を向ける気はなく、手を差し伸《の》べるつもりも、毛頭ないのだから。

今日のアマルダは、いつにも増して輝《かがや》いて見えた。

――美しい。

最高神グランヴェリテの屋敷《やしき》。その応接室。

最高神に相応《ふさわ》しい豪奢《ごうしゃ》なその部屋には、最高神への挨拶《あいさつ》、あるいは様子見、ご機嫌伺《きげんうかが》いと称《しょう》し、今日も朝から年若い神官たちが押し掛ける。

そのうちの一人。まだ神官になりたての新人神官は、ソファに腰かけるアマルダに感嘆《かんたん》の吐息《といき》を漏《も》らした。

この神殿《しんでん》でもっとも清らかな人は、今はなにやら熱心に手紙を読んでいるところだ。可《か》憐《れん》なその横顔を、窓から差す朝の光が照らしている。

よほど集中しているのだろう。耳から亜麻《あま》色の髪《かみ》が垂れても、彼女は気が付かない。かき上げることもせず夢中で文字を追う姿は、懸命に木の実を齧《かじ》る子リスのようだ。

――無垢《むく》で、愛らしくて、いつでも一生懸命で……。

それでいて、彼女は最高神の聖女というには、少しばかり隙《すき》があった。

アマルダには、アドラシオンの聖女リディアーヌのような威厳《いげん》はない。ルフレの元聖女のようなしたたかさも、ソワレの聖女のようなそつのなさもない。

だからこそ、彼女の周りには人が集まるのだ。

泣き虫で傷つきやすい彼女の力になりたい。誰かのために、と前を向く彼女を支えたい。

最高神の聖女の重圧に耐え、うつむく彼女を励《はげ》ましたい。

彼女の涙《なみだ》は見たくない。だけどもし、彼女が涙を流すことがあるならば――。

それを拭《ぬぐ》うのは、自分の手であってほしい、と。

屋敷に集《つど》う神官は、そう考える人間ばかりだ。

「――アマルダ様。そんなに熱心に目を通されて、いったいどなたからの手紙ですか？」

他の神官たちがアマルダに見惚《みと》れている隙に、抜《ぬ》け駆《が》けをしたのは先輩《せんぱい》神官だ。

先輩神官の声には、手紙へのやっかみが入り交じる。だけどアマルダはそれに気付かず、手紙から顔を上げて無邪気《むじゃき》な笑《え》みを向けた。

「お友だちよ。ルヴェリア公爵《こうしゃく》様から」

「ルヴェリア公爵――というと、王家の重鎮《じゅうちん》の……？」

アマルダが口にした名に、部屋にいた神官たちがどよめいた。

ルヴェリア公爵家といえば、王家と関《かか》わり深いことで知られている。王家と対立関係にある現在の神殿からすれば、いわば敵とすら言える相手が手紙を送ってきたことになる。

「なぜ公爵がアマルダ様へ手紙を？　まさか、穢《けが》れのことでアマルダ様を責めようとして……!?」

先輩神官の疑問は、周囲の神官たちの内心を代弁するものだ。神殿と王家の不仲は今に始まったことではないが、ここ最近はもはや不仲という言葉では済まされない。穢れにかこつけて、王家は完全に神殿を追い落とそうとしていた。

王家が主張するのは、『穢れの出現の原因は神殿の腐敗《ふはい》である』ということだ。ここから責任を追及《ついきゅう》し、神殿の権限を削《そ》ぎ落とそうというのだろう。王家は不可侵《ふかしん》であるべき神殿へ踏《ふ》み込み、内情を調査させるよう迫《せま》っていた。

だが、神殿としては、それだけはさせるわけにはいかない。そんなことをすれば、神々が不在という神殿の実情が露《あら》わになってしまう。

おそらく王家は、薄々《うすうす》神殿の現状を把握《はあく》しているのだ。神殿から神々が去り、残るのはほんの一握《ひとにぎ》り。その一握りの神々でさえ、ろくに姿を見ることは叶《かな》わない。それを確め、これまで国に報告してきた神々の奇跡《きせき》が、ほぼすべて虚偽《きよぎ》であることを暴《あば》こうとして——

と考えかけたところで、新人神官は慌《あわ》てて首を振《ふ》った。

——い、いや、虚偽ではない！　神々のお姿を拝見できないのは、自分が未熟だからだ！

高位の神官たちは、彼には見えない神々にも拝謁《はいえつ》しているという。神官になったばかりの未熟な己《おのれ》には、グランヴェリテやアドラシオンのような特に偉大《いだい》な神しか見ることができないだけのことだ。

力不足を棚《たな》に上げ、余計な疑惑《ぎわく》を抱《いだ》くべきではない。神々はたしかにこの神殿にいる。

——だからこそ、神託《しんたく》が下された！　アマルダ様が聖女に選ばれたことこそが、その証拠《しょうこ》だろう！

新人神官は、内心で強く言い聞かせる。首を振る彼の横では、当のアマルダが先輩神官の疑問を否定するところだった。

「いえ、いえ！　違《ちが》うのよ！　別の、ちょっとした用事でお手紙を出したの」

アマルダは慌てたように言ってから、すぐに「でも」と言葉を続けた。

手紙を大事そうに胸に抱き、かすかに目を伏《ふ》せる彼女の顔に浮《う》かぶのは、思い詰《つ》めたような憂《うれ》いの表情だ。

「でも、そのときに神殿と王家の関係のことも相談してみたの。だって、こんな状況《じょうきょう》でいがみ合うなんて間違っているわ。たしかに穢れのことは不安だけど……今は責任を押し付け合うより、互《たが》いに手を取り合って協力するべきでしょう？」

その伏せた目に、力が宿る。一つ息を吐き、大きく吸い込んで顔を上げれば、もう憂いの色はない。凛《りん》と前を向くアマルダに、新人神官は迷いも忘れて目を奪《うば》われた。

守ってあげたい子リスのような少女は――だけどたしかに、聖女でもあるのだ。

「穢れに苦しむ人たちのために、一日でも早く解決してあげたい。そう思っているのは神殿だけじゃない。王家だって同じはず。本当はみんな、同じ気持ちなのよ！」

強い声で言い切ると、アマルダは長い息を吐く。昂《たかぶ》った気持ちを落ち着けるように一度目を閉じ、再び開いたとき、彼女の目は胸に抱いた手紙に向けられていた。

「そのことを、公爵様にお伝えしたの。誰《だれ》が悪いかなんて考えても仕方がない。私たち、本当は協力し合えるはず……って。公爵様なら、王家の方々にもお声を届けられるから」

手紙を見つめるアマルダの眼差《まなざ》しは優《やさ》しい。その澄《す》んだ慈愛《じあい》の表情に、新人神官は一瞬《いっしゅん》でも手紙を妬《ねた》み、不信を抱いた自分を恥《は》じた。

手紙に向けるアマルダの熱心さには、己が勘《かん》ぐるようなことなどなにもない。もっとずっと、尊い気持ちから生まれたものだったのだ。

「公爵様は、力を尽くしてくださるとおっしゃったわ。私のためなら、どんなことでも力になりたいって。──ええ、だから、きっと大丈夫《だいじょうぶ》」

集まった神官たちを安心させるように、アマルダは顔を上げて笑みを向ける。

その姿を、新人神官は仰《あお》ぐように見上げていた。

──……聖女。

彼女こそは、希望の光。醜《みにく》い陰謀《いんぼう》渦《うず》巻く神殿においても、決して穢れることがない。

彼女だけが、人々を照らす本当の聖女なのだ。

「穢れのことも、王家のことも、きっと上手《うま》くいくわ。みんなが同じ目的でいてくれるんだもの。──それにね」

そして、だからこそ──。

「私には、グランヴェリテ様がいてくださるから」

彼女の周囲には、暗い感情が絶えないのだ。

無垢な彼女が頰《ほお》を染めて、応接室の入り口に目を向ける。

彼女の視線を追いかけた先。いつの間にか開かれていた扉《とびら》の前に、一つの影《かげ》がある。

その影を目にした瞬間、部屋中の神官たちが驚愕《きょうがく》とともに立ち上がった。

「――グランヴェリテ様⁉」

ありえない光景だった。最高神グランヴェリテは、人前に姿を現すことはない。

姿を拝謁できるのは、屋敷の最奥《さいおう》。最高神の私室だけ。その場から神は一歩も動かず、表情もなく、言葉一つ落とさない。ただ冷たく前を見据《みす》え続ける最高神は、他の神々とも一線を画す超越《ちょうえつ》的な存在だった。

その、不動の神が動いている。無表情なはずの顔に、薄く笑みを浮かべている。視線はアマルダに向けられ、重たげに口を開き――。

「アマルダ――――」

しんと静まり返った部屋に、たしかにその名を落とした。

まるで現実感のない一瞬の間のあと、部屋にはわっと歓喜《かんき》の声が上がった。

奇跡だ、と誰かが叫《さけ》ぶ。これが神のご意志なのだと感極《きわ》まった嗚咽《おえつ》が響《ひび》く。最高神を前に礼を失した振舞《ふるま》いに、慌てて全員が平伏《へいふく》する。

それでも、喜びに震《ふる》えることはやめられない。アマルダのために、最高神は自ら動かれることを決意されたのだ——と。

そんな歓喜の満ちる中、新人神官はそっと最高神を窺《うかが》い見た。

聖女が神の伴侶《はんりょ》であることは知っている。アマルダは最高神に相応《ふさわ》しい女性。彼女のためにこそ、神は長き沈黙《ちんもく》を破り動かれた。

危機を前に最高神が立ち上がられたこと。アマルダの想《おも》いが報《むく》われたこと。なにもかもが素晴《すば》らしい。こんなに喜ばしいことはないと思っている。

だけど同時に——アマルダの視線を一身に受ける最高神に、チリ、と焼け付くような感情がある。喜びとは真逆の、もっと冷たく、暗く、醜いもの。

重たい泥《どろ》のような感情に、新人神官自身が気付いたとき——。


——…………あれ？

彼は最高神の横顔に、かすかな違和《いわ》感を抱いた。

なにがどう引っかかるのかは、彼自身もよくわからない。

ただ、なにかが違《い》う。

絶世の美貌《びぼう》。金の髪《かみ》。冷たい威圧《いあつ》感。すべて彼の知る最高神そのもののはずなのに。

——こんなお顔をしていらしたっけ……？

3章◆「エレノア」の神様

このたびは、私の不始末でうんぬん。ご迷惑《めいわく》をおかけしてうんぬん。今後は聖女として慎《つつし》み深い行動を心掛《こころが》け――うんぬん。

――う。

殊勝《しゅしょう》な言葉をつらつらと書き並べること、一晩。

窓から見える空は、すっかり白み始めていた。

――うう……。

場所は宿舎の自室、ではなく神殿《しんでん》の一角にある神官たちの詰め所の中の一棟《むね》。その一室。通称《つうしょう》『反省室』と呼ばれる部屋で、私は耐《た》え切れずに声を上げた。

「うあああああああ！　もう！　どうしてこんなことに!!」

反省室の机に向かう私の前には、山と積まれた反省文がある。

一晩かけても、埋《う》められたのは半分ほど。まだまだ残る白紙の束を、私は半ば涙目《なみだめ》で見下ろした。

「こんなことなら、ソワレ様なんて放《ほう》ってさっさと帰ればよかったわ！　結局ソワレ様も自力でどこかに行ったわけだし、あそこで私が声をかける必要なかったじゃない！」

そんな泣き言を言っても、今さら時間は戻《もど》らない。どれほど愚痴《ぐち》をこぼしたところで、反省文を埋める他《ほか》にないのである。

「もう反省することなんてないわよ！　こうなったら間の五十枚くらいは神殿の悪口で埋めようかしら。どうせ真面目《まじめ》に書いたって、最初と最後くらいしか確認《かくにん》しないでしょうし……」

神殿の悪口ならば、五十枚どころか百枚でも二百枚でも埋められそうだ。

そう思って、少しやる気を出したときだった。

「──なるほど、まるで反省してないみたいだな」

なんとも間の悪いことに、ここでガチャリと扉が開く。

同時に響く低い声には、不本意ながら聞き覚えがあった。おそるおそる振《ふ》り返れば、予想通り。圧迫《あっぱく》感のある巨体《きょたい》が目に飛び込んでくる。

「うっわ……出た……」

「それが反省文を書いている奴《やつ》の反応かよ」

思わず口から漏《も》れた本音に、巨体の神官レナルド・ヴェルスが肩《かた》を竦《すく》めた。顔にはいつにも増して不機嫌《ふきげん》そうな表情を浮《う》かべ、ずかずかと部屋へ入ってくる。

「反省文を課した手前、仕方ねえからわざわざ様子見に来てやったのに。その態度じゃ、枚数の追加が必要みたいだな？」

――くっ……墓穴《ぼけつ》……！

余計な口を押さえたところで、しかし手遅《ておく》れである。

この俗世《ぞくせ》とは離《はな》れた格差社会神殿において、たとえ貴族の出自だろうと下位の聖女の立場はそこらの神官より低いのだ。ましてや、高位神官様たるレナルドには逆らえるはずもなく、私は追加十枚の白紙の束と朝食を渡《わた》される羽目になってしまった。

「…………朝食？」

「様子見のついでだ。お前、昨日の夜から一歩も部屋を出てないだろ」

追加の用紙と朝食を机に並べ、レナルドが面倒《めんどう》くさそうな顔をする。

朝食はパンとスープ、小さなオムレツと簡素なものだけど、スープにはちゃんと具が入っているし、パンは焼きたての良い香《かお》りがする。正直なところ、かつての神様の食事よりもよっぽど立派でおいしそうだった。

「一晩中明かりがついていたあたり、昨日は寝《ね》てないんだろう？　それを食って休め。今お前に倒《たお》れられたら、俺の責任になるんだよ」

む、と私は朝食を見下ろして口ごもる。

たしかに彼の言う通り、私は昨夜から一歩も部屋の外に出ていなかった。

反省室で謹慎《きんしん》――とは言うけれど、この罰《ばつ》はそこまで厳密ではない。外出こそ咎《とが》められるものの、建物内を出歩くくらいは許される。一階には食堂もあり、よほど深夜でない限りは食事も提供してもらえると、部屋に放り込まれたときに説明されていた。

それでも、食事も摂《と》らずに反省文に向き合っていたのには理由がある。

「……誰《だれ》のせいで、こんなことしていると思っているのよ」

私は机の前に立つレナルドを見上げて、恨《うら》みがましい声でつぶやいた。

「謹慎中でも、聖女が神様のお世話をするのは認められるはずでしょう？　外出を許可してくれれば、無茶して反省文を仕上げようとは思わないわよ」

聖女の本分は神にお仕えすること。たとえ謹慎中でも、そのことは変わらない。仕える神のためであれば、謹慎中でも外出の許可を得られるはずなのだ。

だというのに――――。

「誰が許可するか。『無能神』の世話なんて口実で、また穢《けが》れの原因探しとやらをするつもりだろう！」

「そんなことしないって言っているじゃない！　神様のお部屋に顔を出して、お食事を届けるだけよ！」

私とレナルドは、ぎっと顔を突《つ》き合わせて言い争う。

昨晩、謹慎が決まったときにも話し合った内容は、だけどいつまでも平行線のまま。互《たが》いに声を荒《あら》らげるだけだった。

「無能神のどこを世話するつもりだ！　お前、無能神の姿を一度でも見たことがあるか⁉　つくならもっとましな嘘《うそ》をつけ！」

「嘘じゃないわ！　一度どころか、毎日お顔を見ているわよ！　お世話だって、いろいろとあるのよ！」

「それが信じられないって言っているんだ！　お前、代理の聖女だろう！」

吐《は》き捨てるようなレナルドの言葉に、私はぐっと奥歯を噛《か》む。

正式に選ばれた聖女でさえ、神様のお世話を逃《に》げ出したのだ。ましてや、押し付けられただけの私が、真面目に世話などするはずがない――と、レナルドは思っているのだ。

――たしかに、私は代理聖女だけど……！

だけど、の先が出ずに口をつぐむ私を見て、反論ができないと思ったのだろう。レナルドは蔑《さげす》むように息を吐き、うんざりと吐き捨てた。

「ったく、穢れの原因探しなんてくだらねえ！」

「くだらないなんて――」

「そんなもん、探したって意味はねえよ。本当はなにが原因かなんて、無能神の聖女ならわかっているはずだろうが」

それでもどうにか言い返そうと開いた口は、またすぐに閉じてしまった。私は無言で、冷たく見据《みす》えるレナルドを仰《あお》ぎ見る。

──私なら、わかっている？

その言葉に、胸の奥がひやりと冷たくなる。いったいどういう意味か、と問い返す言葉さえためらい、無意識に震《ふる》える指を握《にぎ》りしめた──そのときだ。

「──レナルド様！　お忙《いそが》しいところすみません！」

荒々《あらあら》しく扉《とびら》の開く音とともに、血相を変えた若い神殿兵が部屋に飛び込んできた。

彼は転がるようにレナルドへと駆《か》け寄ると、私には見向きもせずに訴《うった》える。

「穢れが出ました！　今度は複数！　現在、マティアス様がソワレ様をお連れして対応に当たっています!!」

焦《あせ》りのにじむ兵の報告に、レナルドが「ちっ」と舌打ちをした。

「またかよ。仕方ねえ、案内しろ！」

「はっ！」

神殿兵は敬礼をすると、レナルドに先立って部屋を出る。その後ろを追うレナルドの巨大な背に、私は慌《あわ》てて声を上げた。

「ま、待って！　穢れ？　それにソワレ様って!?」

私の話も終わっていないけれど、それより問題はソワレ様だ。昨日あんな状態で、とても穢れの対処なんてできるとは思えなかった。

「これ以上ソワレ様に無茶をさせるつもり!?　そんなことしたら、ソワレ様が──」

「誰があんなボロボロの神なんかに頼《たよ》るかよ」

引き留めようとする私へ視線を向けると、はん、とレナルドは鼻で笑った。

そのあまりにいびつな笑《え》みに、私は続く言葉を呑《の》む。

唖然《あぜん》と立ち尽《つ》くす、私の視線の先。

「こっちは人間様だ。神の力に頼らなくたって、穢れなんてどうとでもできるんだよ」

神をも畏《おそ》れぬ傲慢《ごうまん》な男は、私に太い指を突きつけて、どこまでも不遜《ふそん》にそう言った。


謹慎が明けたのは、その日の午後も遅《おそ》くになってからだ。

結局、レナルドは出て行ったまま戻らなかった。代わりに別の神官に反省文を提出したところ、最初の数枚しか読まれずに放《ほう》り捨てられたのは置いておいて、とにかく無事に謹慎は明けたのである。

遅まきながら神様の部屋にも駆け込み、謝罪と浄化《じょうか》と身の回りのお世話を大急ぎで終わらせた。夕食までの配膳《はいぜん》も終え、ようやく一息ついたころ。

これで心おきなく穢れの調査に戻れる——と、懲《こ》りずに考えていた矢先に私が聞いたのは、穢れどころではない大事件の噂《うわさ》だった。

「――魔物《まもの》が出た……？」

夕食時の食堂。穢れの調査状況《じょうきょう》の報告のために集まったその場所で、私は聞いたばかりの言葉を繰《く》り返した。

食堂でテーブルを囲むのは、いつもの見慣れた顔ぶれだ。リディアーヌにマリ、ソフィ。三人は戸惑《とまど》う私に視線を向け、暗い顔で頷《うなず》いた。

「あたしたちも、噂で聞いただけなんだけど……今朝も穢れが出たらしくて。それが、結構な数だったらしいのよ」

「それで、その穢れの中に紛《まぎ》れて、魔物がいたって噂なの。……神殿《しんでん》はなにも言ってないし、本当かどうかはわからないんだけど」

声を潜《ひそ》めるマリとソフィの話に、私は現実感もなく瞬《またた》いた。

だって、魔物だ。それこそ神話の中にしか出てこない、伝説上の存在だ。

魔物とは、濃《こ》い穢れから生じる、生物の姿を模した『なにか』だという。

姿かたちはさまざまで、獣《けもの》めいた魔物もいれば、鳥のようなものもいる。あるいは水を切る魚めいたものや、地中に潜む虫のようなもの。さらには、まったく生物とは思えない異形《いぎょう》の魔物まで存在する。

これらの魔物が穢れと違《ちが》うのは、実体を持ち、明確に『人を襲《おそ》う』ということだ。

穢れは人の『悪意』。触《ふ》れれば呑まれる危険な存在ではあるけれど、必ずしも襲い掛《か》ってくるとは限らない。むしろロザリーほど積極的に追いかけてくる穢れの方が、今となっては珍《めずら》しかったのだとわかっている。

一方の魔物は、まるで人を憎《にく》むかのように付け狙《ねら》う。穢れのように呑むことさえもなく、実体を持った爪《つめ》や牙《きば》で襲い来る魔物の脅威《きょうい》は、穢れの比ではない。

ただし、魔物は滅多《めった》なことでは現れない。穢れが出るという他国でも、魔物の出現は稀《まれ》だ。それこそ、この国の穢れのように、伝説扱《あつか》いされている国もあるという。

そんな魔物が現れた――なんて話、簡単には受け止められなかった。

「まさか。……冗談《じょうだん》でしょう？」

「冗談でこんなこと言わないわよ」

信じられずに首を振《ふ》る私を、ソフィが真剣《しんけん》な顔で否定する。

「それに……これもあくまでも噂なんだけど、その魔物はまだどこかにいるって話なの。穢れはソワレ様が対処してくださったのだけど、魔物の方には逃げられたらしくて……」

「逃げられた……って」

それはつまり、今もこの神殿に魔物がいるということだろうか。

……人を付け狙い、積極的に襲う怪物《かいぶつ》が？

「エレノア」

ぞくりと背筋を震《ふる》わせる私に、呼び掛けたのはリディアーヌだ。

先ほどからずっと黙《だま》っていた彼女が、私を険しい目で見据える。

「わたくしたち、それで話し合っていたの。さすがにこの状況では、穢《けが》れの原因探しなんて言っていられない――って」

「リディ、でも」

「わたくしの冤罪《えんざい》なら、気にしなくても結構。あれから、神殿からもなにも言われてはいません。……それどころではないだけかもしれないけれど」

私の言葉を先回りし、リディアーヌはぴしゃりと言った。

それから、テーブルを囲む顔ぶれを順に見回し、ツンと取り澄《す》ました――責任感の強い公爵令嬢《こうしゃくれいじょう》の顔で言葉を続ける。

「わたくしのために、あなたたちを危険に晒《さら》すわけにはいきません。少なくとも、魔物の件がはっきりするまでは、原因探しは中止。外出もできるだけ控《ひか》えなさい」

「………」

「今日はその話をするためにここへ来たのよ。だから、これで話は終わりです。――さあ、暗くなる前に帰りましょう」

そこまで言うと、リディアーヌは席を立った。

リディアーヌに促《うなが》され、マリとソフィも続いて立つ。そのまま食堂を出ようと入り口に向かう三人に、私も一拍遅《いっぱくおく》れて立ち上がった。

だけど、それ以上足は動かなかった。先を行く三人の背中を見つめながら、無意識に両手を握《にぎ》りしめる。

リディアーヌの言い分は、私にもよくわかる。魔物が現れた以上、穢れの原因を調べている場合ではない。神殿がリディアーヌになにも言って来ないのなら、そもそも原因を無理に突《つ》き止める必要もない。突き止めたところで、得られるのはアマルダの鼻を明かすことだけだ。

それだけのために、命は懸《か》けられない。今は大人しくするのが正しい行動だ。

「……でも」

それでも、私は素直《すなお》に頷けなかった。

みんなを危険な目に遭《あ》わせたいわけではない。彼女たちが中止すると言うのなら、仕方のないことだと思う。

「でも、だったら私だけでも――」

「……あんたさあ」

まだ諦《あきら》められない私に、最後尾《さいこうび》を歩いていたマリが振り返る。

先頭を行くリディアーヌは、ちょうど扉に手をかけたところだ。マリが止まったことに気が付くと、先を行く二人も足を止めて私を見る。

三人とも、私に向ける表情は同じだ。かすかに眉《まゆ》をひそめ、訝《いぶか》しむように、不思議そう

に私を窺《うかが》っている。

「前から思ってたけど、なんでそんなに必死なのよ」

「なんで、って」

三人の視線を受け、私はたじろぐように足を引いていた。

マリの言葉に責めるような響《ひび》きはない。ただ本気で、私の態度がわからないと言いたげだった。

「そりゃあ、あたしだってアマルダたちにムカつくのはわかるわよ？　やり返せるなら、やり返したいわよ。でも、この状況でまでムキになることじゃなくない？」

「…………」

マリの疑問に、私は答えることができなかった。

頭の中に、真っ先に浮《う》かぶ姿に気付いてしまったからだ。

――神様。

考えたくないのに、考えてしまう。

ロザリーの穢れ事件と前後して、人の気配を匂《にお》わせるようになった神様。エリックが消えたのと、同じ日に変化した神様。悪神に堕《お》ちたという弱い神。

聖女は神を信じるもの。深い信仰《しんこう》と清らかな心がなければ、神に選ばれることはない。

だから、『本当の聖女』なら、自分の神様を疑うはずがない。

そんなことをしたら、『聖女として失格』なのだ。

――私は。

なにも言えないまま、私は唇《くちびる》を強く噛《か》む。

唇の痛みとともに感じるのは、マリから突き付けられた疑問の答えだ。

――……神様のお傍《そば》にいる資格がないんだわ。

その事実を認めたくなくて――疑っている自分を否定したくて、ずっと穢れの原因を探していたのだ。


「――そこまでになさい。そろそろ日が落ちてよ」

いつまでも動かない私たちに、リディアーヌが扉《とびら》を押し開きながら呼びかけた。

窓から見える西日も、もうだいぶ傾《かたむ》いている。夜になる前に帰らなければと、マリたちが慌《あわ》ててリディアーヌを追いかけた。

私も重い頭を持ち上げ、前を行くリディアーヌたちへと視線を向けたときだ。

開きかけた扉の先に、奇妙《きみょう》なものを見た。

食堂の外に広がるはずの光景が見えない。代わりに見えたのは、暗闇《くらやみ》だ。今はまだ日暮れ。日の残る時間なのに――一切《いっさい》の光が見えない。

息を呑《の》む私の目の前で、その暗闇がどろりと蠢《うごめ》く。やけに重たげなその動きを見た瞬間《しゅんかん》、私は足を踏《ふ》み出していた。

「離《はな》れて！」

マリとソフィにそう叫《さけ》びながら、扉の真正面にいるリディアーヌに手を伸《の》ばす。扉から離そうと、彼女の腕《うで》を摑《つか》んで思い切り引いた瞬間、扉がみしりと嫌《いや》な音を立てた。外からの圧を受け、蝶番《ちょうつがい》が弾《はじ》ける。扉を跳《は》ね飛ばして入り込んできた黒い影《かげ》に、食堂のあちこちから悲鳴が上がった。

だけど私には、悲鳴を上げる余裕《よゆう》もない。勢い余ってリディアーヌとともに床《ゆか》に倒《たお》れた私の眼前に、粘《ねば》つく黒い影が――穢れが迫《せま》っていた。

――は、早く起き上がらなきゃ……！

大急ぎで地面に手をつくけれど、間に合わない。倒れた私たちを呑み込もうと、黒い闇が大きく体を広げて伸びてくる。

――あ。

無理だ。これは逃《に》げられない。頭を最悪の予感がよぎる。

穢れが、覆《おお》いかぶさってくる――。

「――――ぐ、う……っ」

その寸前。小さな影が私の目の前に飛び込んできた。穢れと私の間に割って入り、両手を広げて穢れを受け止める背中を、私は反射的に仰《あお》ぎ見る。

穢《けが》れに立ち向かうには、華奢《きゃしゃ》すぎる細い体。深い夜の色をした髪《かみ》に、黒く染まる腕。苦しげに呻《うめ》きながら、それでも引かない少女に、私は見覚えがあった。

「ソワレ様!!」

ソワレ様は振《ふ》り返らない。私たちを背にしたまま、穢れを受け止める手に力を込《こ》める。

その腕の中で、穢れは少しずつ小さくなっていった。扉を跳ね飛ばすほどの巨体《きょたい》が、大人くらいの大きさに、子どもくらいの小ささに。

最後にはソワレ様の腕に収まり、すう――と吸い込まれるように消えていった。

「………は、あっ」

穢れが消えるのと同時に、ソワレ様は糸が切れたように膝《ひざ》から崩《くず》れ落ちた。

受け身を取ることもできなかったのだろう。痛々しい音を立てて倒れるソワレ様に、私の方が跳ね起きる。

いつまでも倒れている場合ではない。今は明らかに、私よりソワレ様の方が危《あや》うい。

「ソワレ様！　ご無事ですか!?」

呼びかけながらも、私はうつぶせたまま動かない彼女の横に膝《ひざ》をつく。とにかく、まずは様子を見ようと彼女の肩《かた》に触《ふ》れ――その顔を覗《のぞ》き見た瞬間、呼吸が止まった。

「…………な」

ソワレ様の顔は、真っ暗だった。

彼女の可憐《かれん》な美貌《びぼう》はない。美貌どころか、目も、鼻も、口もない。すべてが、闇に溶《と》けたように暗かった。

かろうじて形を保っているのは輪郭《りんかく》だけだ。その輪郭も、まるで——どろりと、波打つように揺《ゆ》れている。

肩に触れた手に感じるのは、以前よりもさらにやわらかな感触《かんしょく》だった。骨がない、どころではない。まるで、薄皮《うすかわ》一枚を隔《へだ》てて液体に触れているような心地《ここち》がした。

「——見ないで」

言葉を失った私の手を、ソワレ様は弱々しく振り払《はら》う。

「大丈夫《だいじょうぶ》、だから」

「そんなわけないでしょう……⁉」

声さえも消え入りそうなソワレ様に、私は首を横に振る。

大丈夫なわけがない。今のソワレ様の状態は、あまりにも異常すぎる。

——穢れを受け止めすぎたから……⁉　それなら、浄化《じょうか》すれば戻《もど》る⁉

だけど、私の魔力《まりょく》でどれほどのことができるだろう。そもそもソワレ様のこの態度では、私に浄化させてくれるとも思えない。

それならどうすれば——と考え、私ははっと顔を上げた。

「マティアス様！」

そうだ、と私は口の中でつぶやく。ソワレ様には、ちゃんと心を許した聖女がいる。彼であれば、今のソワレ様を助けられるはずだ。

「マティアス様を捜《さが》さないと！　リディ！　マリ、ソフィ、手分けして――」

そう言いながら、傍にいるはずの友人たちへ振り返り、私は続く言葉を呑む。

彼女たちは、私の方を見ていない。呼びかける声にも気が付かない様子で、跳ね飛ばされた扉の外を見て呆《ほう》けたように立ち尽くしていた。

いったいどうしたのかと視線の先を追いかけ、私は彼女たちの反応の理由を理解した。

扉の外に広がるのは、蠢く無数の影だ。

赤い日の残る夕暮れ空の下、神に守られしはずの神殿《しんでん》を、穢れの群れが蹂躙《じゅうりん》している。

――……うそ。

息を呑む私の耳に、誰《だれ》かの悲鳴が届いた。逃げるようにと叫ぶ神官の声がする。穢れを前に右往左往する、神殿兵の声がする。

「――直接触《さわ》るな！　魔法《まほう》を使え！　触ると呑み込まれるぞ‼」

「で、ですがレナルド様！　魔法の効き目が薄くて……！」

「くそっ！　よその国ではこれで上手《うま》く行っているんだぞ⁉　もっと魔力を集めろ‼」

穢れの群れの奥《おく》で、レナルドの喚《わめ》く声がした。

喚き声から少し遅れて、地面を揺らす轟音《ごうおん》が響《ひび》く。

どうやら、大規模な魔法を使ったらしい。離れていても感じる魔力に肌《はだ》が震えた。

穢れの大群は魔法を受け、一瞬、怯《ひる》んだように動きを止めた。

が、それだけだ。すぐにまた蠢きだす穢れに、さらに大きな悲鳴が上がる。兵たちが声を張り上げ、続けざまに魔法の弾ける音が響く。

——なにが……起こっているの……？

あまりに現実離れした光景に、恐怖《きょうふ》さえも追いつかない。

地面が揺れ、立ち上る土煙《つちけむり》を、私は呆然《ぼうぜん》と見つめていた。

「——ソワレ様!!」

鋭《するど》い声が聞こえたのは、そんなときだった。

「よかった、こちらにいらしたんですね!」

声に振り向けば、こちらへ駆《か》けてくる人影が見える。混乱する人々をかき分け、血相を変えてやってくるソワレ様の『王子様』に、私は泣きそうなほど安堵《あんど》した。

「マティアス様……！」

「エレノア君！　いったいなにがあったんだ!?　ソワレ様は……！」

声を上げた私に気付き、マティアス様が息を切らせ《せ》て急くように尋《たず》ねる。

いつもの優《やさ》しげな風貌も、今は焦《あせ》りに歪《ゆが》んでいる。彼らしくないその態度が、だけど私には頼《たの》もしく見えた。それだけ必死に、ソワレ様を助けにきたということなのだから。

「私たち、穢れに襲《おそ》われて、ソワレ様に助けていただいたんです！　でも、そのせいでソワレ様が倒れてしまわれて……！」

今もソワレ様は、起き上がる気配がない。地面にうつぶせたまま、荒《あら》い呼吸だけを繰《く》り返している。

「そうか、ソワレ様が……。いや、とにかく君たちが無事でよかった」

マティアス様はソワレ様の横で足を止めると、そう言ってから膝をついた。

ソワレ様の肩を掴む手には、ためらいがない。あの液体めいた感触に怯むことなく、彼はソワレ様の顔を覗き込む。

「ソワレ様も」

そうして、ソワレ様の黒く染まった顔を見つめ、彼は優しく呼びかけた。

「ご無事ですね？」

――……うん？

「では、次へまいりましょう、ソワレ様。早くしないと、あの神官たちが穢れに呑《の》まれてしまいます」

マティアス様の口調は変わらない。穏《おだ》やかで優しげなまま。顔に浮《う》かぶ表情は、相変わらず甘い『王子様』だ。

その顔で告げられた言葉を受け止め損《そこ》ね、私は瞬《またた》いた。

彼は今、なんて言った？

「あの無謀《むぼう》な神官たちでも、助けないわけにはいきません。行けますね、ソワレ様？」

「……………うん」

ソワレ様は小さく頷《うなず》き、重たげに頭を持ち上げた。

マティアス様を見るソワレ様の顔は、すでに元の美貌に戻っている。黒く染まっていた両腕《りょううで》も、今は血の気が引いているだけで、真っ白な肌の色を取り戻していた。

「行く……」

ふらりと立ち上がると、ソワレ様はおぼつかない足取りで、騒《さわ》ぎの中心へと歩き出した。

そのまま遠ざかろうとする背中に、私は慌《あわ》てて手を伸《の》ばす。

「ま、待って待って！　その状態でどこに行くつもりです⁉」

姿こそ元に戻っているものの、ソワレ様の顔色は明らかに悪かった。体に力も入っていない様子で、今にも倒《たお》れそうなほどフラフラしている。

これで穢れに立ち向かうなんて無理に決まっている。助けが必要なのは、どう考えてもソワレ様の方だ。

「無茶です！　せめて、少し休んでいただかないと……！」

「休ませて差し上げたいのは、僕も同じだ、エレノア君」

だというのに、伸ばした私の手はマティアス様に止められる。

彼は私の手首を摑《つか》み、申し訳なさそうに首を横に振《ふ》った。

「だけど、そういうわけにもいかない。穢《けが》れに対処できるのはソワレ様だけで、他《ほか》に代わりはいないだろう？」

「そう……ですけど……！」

「ソワレ様がやらなければ、どれほどの被害《ひがい》が出るかわからない。それとも君は、目の前の彼らを放《ほう》って逃《に》げられるのかい？」

「それは……！」

マティアス様の言うことは否定できない。

今こうしている間にも、悲鳴は響き続けている。魔法の弾《はじ》ける音は絶え間なく、穢れに向かう神殿兵の声には、決死の覚悟《かくご》が宿っていた。

それでも、兵たちはじりじりと押されていた。穢れに立ち向かう前線が少しずつ下がり、神官たちが早く離《はな》れるようにと逃げ惑《まど》う人々に呼びかける。このままでは、いずれ押し負けるのが目に見えていた。

今、この状況を変えられるのはソワレ様しかいない。それもたしかに事実なのだ。

――それじゃあ、ソワレ様をこのまま行かせるっていうの⁉

いいや、そんなことはさせられない。それは、兵たちを助ける代わりにソワレ様を犠牲《ぎせい》にするということだ。

——でも、それならどうすれば……！

なにか方法はないかと、私は頭の中を探し回る。記憶《きおく》をたどり、考えて考えて、記憶の底までひっくり返したとき——。

『——こっちは人間様だ』

ふと思い出したのは、腹立たしい男の傲慢《ごうまん》な言葉だった。

『神の力に頼《たよ》らなくたって、穢れなんてどうとでもできるんだよ』

「………レナルド」

にちゃりと不敵に笑う男の名前を、私は知らず口にしていた。

あの男に頼るのは癪《しゃく》だけど——すごく悔《くや》しいけど。

あれほど偉《えら》そうに言っておきながら、神殿兵たちは穢れに押されている——けど。

——立ち向かえている、わ！

彼らは、ただ蹂躙されているだけではない。

魔法で穢れを怯ませている。少しずつ後退しながらも、前線を維持《いじ》できている。

巻き込まれた人々を助け、逃がす時間を稼《かせ》ぐくらいに、穢れを相手に戦えているのだ！

「レナルドが言っていたわ。人間の力でも穢れをどうにかできるって！」

そう。思い返せば、最初から知っていたはずだった。

ここは神々に守られた特別な場所。神々のご加護のおかげで、魔物《まもの》も穢れも現れない。

だけど、他の国は違う。

神々の少ない他国では、神の力には頼れない。

彼らは自分たちの力で、穢れに対処しているのだ。

――そう、そうだわ……！

見えてきた希望に、知らず体が力んでいた。

ソワレ様に無茶をさせる必要はない。一度下がって、休んでもらうことができる。ゆっくり穢れの浄化《じょうか》をしてもらえる。

この状況を変えられるのは、たしかに『今』はソワレ様しかいない。だけどレナルドたちのおかげで、他の神々へ助けを呼びに行く時間だってある――と。

「ソワレ様に頼らなくてもいいのよ！　レナルドはなにか方法を知っているんだわ！　だから――」

「そんなわけないだろう!!」

そう思う私に向けられたのは、驚《おどろ》くほど強い怒声《どせい》だった。

「ソワレ様のお力なく？　神に頼らず人間の手で？」

怒気を滲《にじ》ませた言葉とともに、マティアス様は私を掴む手に力を込《こ》める。

その顔に浮かぶ表情に、ぎくりとした。

私を見据《みす》える彼の顔は、優しい王子様などではない。眉《まゆ》はつり上がり、頬《ほお》は引きつり、顔は怒《いか》りに歪《ゆが》んでいる。

甘さなど欠片《かけら》もない、血走った目が私を突《つ》き刺《さ》すように睨《にら》んでいた。

「そんなことができるはずがない！　許されるはずがない！　この神殿《しんでん》を救えるのは、僕、のソワレ様だけだ!!」

「痛っ！」

摑まれた腕《うで》に、締《し》め付けられるような痛みが走る。

慌てて振りほどこうと腕を引くけれど、マティアス様の手は離れない。痛みに顔をしかめる私も見えていない様子で、彼は声を張り上げた。

「僕がソワレ様の聖女だ！　僕がいなければ、穢れは消せないんだ！」

「マティアス様……!?」

「これだけは他の誰《だれ》にもできない！　君にも、あいつにもできない僕だけの役目だ！　僕に頼らなければ、みんな穢れに呑まれるんだぞ！」

「なにを……」

この人は、いったいなにを言っているのだろう。今のは、本当にソワレ様の聖女が言った言葉なのだろうか。

あんな状態のソワレ様を穢れに向かわせて、もしかしたら助けられるかもしれない手段を切り捨てて――この人は、ソワレ様のいったいなんなのだろう。

「……本気で言っているんです？」

声を荒《あら》らげるマティアス様を見上げ、私は表情を歪めた。

今まで見てきた彼の姿が、今の彼と重ならない。優《やさ》しく甘い『王子様』が崩《くず》れていく。

「ソワレ様の聖女が、本気でそんなことを言っているんですか……！」

神殿のために穢れを受け止め、黒く染まった体を、好きな人に見せたくないと笑っていた。子どもなのに大人ぶって、背伸びをして、恋《こい》をしていた。

ソワレ様の王子様は――。

「あなたは、ソワレ様の『王子様』なんかじゃないわ！」

こんな人であっていいはずがない！

私はマティアス様――マティアスの手を力ずくで振りほどくと、ソワレ様が消えていった騒乱《そうらん》の先を睨みつけた。

――ソワレ様!!


限界が近いことは自覚していた。

すでに体は穢れに染まり、形を失いかけている。頭には絶えず穢れの嘆《なげ》きが響《ひび》き渡《わた》り、もう自分自身の声さえも聞こえない。

それでも好きな人のためなら、ソワレはいくらでも無茶ができた。

好きな人の居場所を守るために、なんだってしたいと思った。

彼のためだから、ソワレはどんな苦しみにだって耐《た》えられた。

たとえその最後に待つものが、底なしの闇《やみ》であるとわかっていたとしても。

「――――く、ぅ……っ」

逃げ遅《おく》れた神官を背にかばい、ソワレはまた一つ穢れを受け止めた。

周囲では絶えず魔法《まほう》が弾け、大地が揺《ゆ》れる。穢れの進行を食い止めようと、誰も彼もが必死に声を張り上げている。

その甲斐《かい》があってか、穢れの勢いも多少は落ち着いただろうか。逃げ遅れ、穢れの間に取り残された人間も、今助けた神官が最後らしい。

――よかった。

感謝を告げる神官を横目に、ソワレはほっと息を吐《は》く。

まだ、体の形は残っていた。黒く染まった腕や足を、誤魔化《ごまか》すだけの力もある。

今なら、崩れかけの姿を人間たちに見せる前に立ち去れる。そう思って、足を引きかけたときだ。

再び地面が揺れる。これまでよりも大きな揺れに、ソワレの背筋に寒気が走った。

魔法の揺れではない。震動《しんどう》の中心は足元だ。ソワレ——ではなく、助けた神官の真下から地響きがする。

「…………あ」

この地響きに、心当たりがあった。ほんの今朝に起きた、ソワレの失態。

穢《けが》れに紛《まぎ》れ、ついに現れた終わりの始まり。濃《こ》い穢れから生じ、人を執拗《しつよう》に付け狙《ねら》う、生物を模した『なにか』。時には地を駆《か》ける四つ足の獣《けもの》で、時には空を飛ぶ鳥。時には水を切る魚であり、あるいは地に潜《ひそ》む——。

そうと気付いたときには、ソワレは動いていた。

『それ』は人を狙うもの。目的はソワレではなく、孤立《こりつ》した神官の方だ。

「——危ない！」

もう力の入らない体で、ソワレは戸惑《とまど》う神官を突き飛ばした。次の瞬間《しゅんかん》、地面を突き破って地響きの原因が姿を現す。

魔物だ、と誰かが叫《さけ》んだ。地の底から現れたのは、ひどく巨大《きょだい》で不格好な、ミミズとも言えない存在だ。

ぬらりと光る黒い体。ミミズを模した長くうねった体には、しかし無数の手足めいたものがあり、模し損《そこ》ねたような目が並んでいる。

その頭に、ソワレはしがみついていた。無数の目はソワレには見向きもせず、神官と、その先にいる人間たちを見据えている。

——だめ。

ソワレは内心で、怯《おび》えたようにつぶやいた。勢いは落ちたとはいえ、周囲にはまだ穢れが溢《あふ》れている。こんな状況《じょうきょう》で魔物《まもの》に暴れられたら、人間たちはひとたまりもない。

ここで食い止めなければいけない。ソワレがなんとかしないといけない。もう力も入らない体だけれど、それでも他《ほか》にどうしようもない。

震《ふる》える指先に、ソワレは最後の力を込める。ソワレにとっては、魔物も穢れも変わりはない。どちらも同じ、人の心から生まれたもの。その濃さと重さが違《ちが》うだけ。

——う……っ。

指先から、痛むような感情が流れてくる。限界を迎《むか》えた体に重い闇が忍《しの》び込み、指の先から黒く染まっていく。もう、体の形を保てない。

それでも手を離《はな》さず、息を止《と》めて魔物の穢れを受け止め、受け止め——。

穢れを失った魔物の体が溶けるように崩れ、同時にソワレの指先がどろりと滴《したた》り落ちた瞬間。

ソワレは助けた神官が、尻《しり》もちをつきながらこちらを見上げていることに気が付いた。

——あ。

神官の目に宿るのは恐怖《きょうふ》の色だった。

魔物に対してではない。溶けて滴るソワレを見て、彼は怯えているのだ。

化け物、とどこからか悲鳴が聞こえた。声に混じる嫌悪《けんお》の感情に、抱《かか》え込んだ無数の穢れがどろりと蠢《うごめ》く。

――憎《にく》い。

淀《よど》んだ声が、頭に響いていた。

頭を振《ふ》って声を払《はら》おうにも、今のソワレには頭があるかもわからない。元の姿に戻《もど》る方法さえ、わからなくなっていた。

――憎い、憎い、憎い。

穢れが思考を奪《うば》っていく。ソワレの体を支配する。

――人間が、憎い。

消えていく頭の片隅《かたすみ》で、だけどソワレは『やっぱり』と思ってもいた。

いつかはこうなると思っていた。人間のために力を尽《つ》くしたところで、報《むく》われることなんてろくにない。他の神々のように人間を見放して、距離《きょり》を置くべきだったのだ。

だけど、ソワレは離れられなかった。

ただ一人、好きになった人のために、どんなことでもしてあげたかったから。

――王子、さま。

意識の消える間際《まぎわ》、思い出したのは昔のことだ。

ほんの十六、七年前。ソワレにとっては瞬《またた》きのように短くて、人間にとっては、子どもが大人に変わるくらいに遠い過去。

『――約束する』

彼が、まだソワレよりも背が低かったころ。不機嫌《ふきげん》な声でソワレに伝えた、言葉。

『お前を必ず助け出す。今は無理でも、すぐに偉《えら》くなってこの場所を変えてやる』

彼はどれだけ覚えているだろうか。

ソワレは一言だって忘れていない。

無邪気《むじゃき》な信仰心《しんこう》に溢れ、希望を抱《いだ》いて神殿《しんでん》に足を踏《ふ》み入れる子どもたち。だからこそ、そのほとんどが心挫《くじ》かれ、立ち去るか周囲に染まる他にない中で。

『だから、どこにも行くなよ。俺が神殿で、一番偉くなるまで――』

彼だけが、今もソワレのためにあがき続けていてくれるのだ。

『絶対に、無茶して消えるような真似《まね》なんてするなよ！』

――ごめんね。やっぱり、無茶しちゃった。

だって、好きだから。今までがんばってくれたことを無駄《むだ》にしたくなかったから。

好きな人のいる場所を守りたかったから。

だから、ソワレはおとぎ話のお姫様《ひめさま》にはなれなかった。

――わたしの、王子さま。

白馬の王子様には、もう助けてもらえない。

投げ出された体の向かう先は、二度とは戻れない深い穴の底だ。

落ちる。

堕《お》ちる――。


その、直前。


「――待ったあああああ!!」

場違いなくらいに荒々《あらあら》しい声が、ソワレの耳に最後に届いた。

「ソワレ様――!!」

声に視線を向ける力はもうない。だけど、向けなくても視界の端《はし》に見えていた。

落ちていくソワレに、ためらいなく手を伸《の》ばす一人の少女と――。

もう一人。

いつも不機嫌そうな顔をした、大きなソワレの王子様。


手を伸ばしたのは、もちろんまったくの無計画。

手が届くかはわからない。崩《くず》れかけのソワレ様を、どう受け止めるかも考えていない。

たとえ受け止められたとして、その先のことなんて一切《いっさい》頭には浮《う》かんでいなかった。

だけど掴《つか》みたかった。人間のために尽くしたのに、顧《かえり》みられることなく消えていくなんて、そんなのあまりにもあんまりだ。

「エレノア、このおバカ！　戻ってきなさい！」

「無茶よ、無茶無茶！　そっちは穢れのど真ん中よ⁉」

「助けられないわ！　だってもう――あれは、穢れそのものじゃない！」

背後から引き留める声が聞こえても、私は止まらなかったし、止まりたくなかった。

見据《みす》える視線の先。ソワレ様は形を失い、影《かげ》に染まっていく。どろりと溶けて粘《ねば》りつき、救いの手もないまま遠巻きにされる姿は、まるでかつての彼のようだ。

だからこそ、私は必死に手を伸ばす。逃《のが》すまいと、指先にまで力を込《こ》める。

報われないままで、終わらせてなんてたまるもんか！

「――――ソワレ様‼」

指の先が、影に届く。悲しいくらいの冷たさが、どろりと私の指を濡《ぬ》らす。

下は地面。痛みを覚悟《かくご》し、ソワレ様を引き寄せようとしたとき――。

反対側から、同じように飛び込んでくる人影に気が付いた。

「…………れ」

人影には、見覚えがあった。

揺《ゆ》れる巨大《きょだい》な体。はち切れそうな太い腕《うで》。見紛《みまが》うはずのない、肉厚な顔。

その顔に、いつもの嫌味《いやみ》な表情はない。歯を食いしばり、前を向き、必死にソワレ様に手を伸ばす男の姿に――私は状況も忘れて、全力で驚《おどろ》きを吐《は》きだした。

「レナルド・ヴェルスぅ――――!?」


――思えば。

ソワレ様の『王子様』が聖女だなんて、ルフレ様は一言も言っていなかった。

彼はただ、ソワレ様には本命がいると言っただけ。それを私が、勝手にマティアスだと思い込んでいたのだ。

だいたい、ルフレ様は最初から言っていたではないか。

『ちゃんと自分で選んだ、本当の意味での聖女がいるのなんて、アドラシオン様くらいじゃないか？　あとはみんな、どこの誰《だれ》とも知れない奴《やつ》ばっかだよ』

聖女を選んだのはアドラシオン様だけ。ならばソワレ様の聖女は、『どこの誰とも知れない奴』。

つまりはマティアスも、ロザリーと同じく『自称《じしょう》』聖女にすぎないのだ。

思えばソワレ様との、雑木林でのやり取りのときもそう。

あのときソワレ様を追いかけてきたのは、マティアスだけではない。彼の他《ほか》に、もう一人いたではないか。

アマルダの取り巻きで、ネチネチとした嫌味な男で、嫌《きら》われ者の高位神官。

ソワレ様に無茶をしろなんて頼《たの》んでなくて、ボロボロの神に頼《たよ》らない方法を考えていて、人間の力で穢《けが》れに立ち向かおうとして、徹夜《てつや》の私に食事を持ってくるくらい『心配性《しょう》』な——。

あの、王子様とはかけ離れた、分厚く巨大な男が。

う——————。

「————うっそおおおおおおおお!?」

「くそっ！　ガキどもが…………っ!!」

ソワレ様を捕《つか》まえた私の体を、レナルドの肉厚な腕がさらに引き寄せる。そのまま彼は私ごと、ソワレ様を衝撃《しょうげき》から守るように抱え込んだ。

苛立《いらだ》ったような声とは裏腹に、まるで大切なものを包み込むように。

——その、腕の中。

衝撃に備えて身を丸くする私は、気が付いていなかった。

指に触《ふ》れた冷たさが、いつの間にか消えていることも。

崩れかけのソワレ様の体が、私の手の中でたしかな感触《かんしょく》を取り戻《もど》していることにも。


「――――エレノア!!」

蠢《うごめ》く穢れの奥へ消えたエレノアに、リディアーヌは声を張り上げた。

だけど返事はない。姿も見えない。同じくソワレを追いかけたレナルドとともに、今は完全に見えなくなってしまった。

「エレノア……まさか、穢れに呑《の》まれて……!?」

「助かるわけないわ……だってあんな……」

リディアーヌの横では、マリとソフィが青ざめながらエレノアの消えた先を見つめている。声は震《ふる》え、絶望を隠《かく》せない二人に、リディアーヌは断固として首を振《ふ》った。

「いえ、いいえ！　そんなはずがなくってよ！」

それは自分自身にも言い聞かせる言葉だ。

エレノアが穢れに呑まれたなんて信じない。彼女はきっと、あの騒乱《そうらん》のどこかで生きているに決まっている。

「穢れからエレノアを助けるのよ！　なにか手があるはずだわ！」

「でも、助けるって言ったって、こんなの――」

怯《おび》えたマリの言葉は、響《ひび》き渡《わた》る悲鳴にかき消された。

周囲を、悲鳴が飛び交《か》っている。驚きに顔を上げたとき、リディアーヌは辺りの状況《じょうきょう》が一変していることに気が付いた。

先ほどまで、穢れの足止めをしていた兵たちが機能していないのだ。

押されはしても維持《いじ》していた前線が決壊《けっかい》し、あふれ出た穢れに悲鳴が上がる。兵たちは散り散りになり、指示役の神官たちは右往左往し、避難《ひなん》の誘導《ゆうどう》を失って人々が当てもなく逃《に》げ惑《まど》う。

魔物《まもの》は消えたはずなのに、戦況が悪化している。混乱を極《きわ》めた光景を目《ま》の当たりにして、リディアーヌは息を呑んだ。

――レナルド・ヴェルスがいないからだわ……！

レナルドに代わり、兵の指揮を執《と》ることのできる人間がいないのだ。兵たちにも、神官たちにも、もちろんリディアーヌにも、彼の代わりを務める力はない。

――ソワレ様もいらっしゃらない。もうじき、夜になるのに……。

影のような穢れは夜闇《よやみ》に紛《まぎ》れる。夜の穢れの恐《おそ》ろしさは、昼とは比べ物にならない。この状況で日が落ちれば、もうエレノアを助けるどころではないだろう。今のうちに安全な場所へ逃げなくては、リディアーヌたちの身さえ危《あや》ういのだ。

「…………リディアーヌ」

逃げよう、と言外に促《うなが》すソフィの声に、リディアーヌは唇《くちびる》を噛《か》んだ。

彼女だって、エレノアを見捨てたいわけではないとわかっている。それでも逃げなければならない今、彼女は動けないリディアーヌを気遣《きづか》ってくれているのだ。自分が誘《さそ》うから、逃げよう――と。

――なにか……なにかないの……⁉

リディアーヌは動けないまま、焦《あせ》りとともに考える。

穢れの大群から、エレノアを救う方法。穢れが神殿《しんでん》中に散らばるのを止める方法。レナルドが穢れの足止めをしていた方法は、リディアーヌにはわからない。ならば今のリディアーヌにわかる、リディアーヌがとれる別の手段は――。

――ある。

はっとリディアーヌは顔を上げた。

確実――かはわからない。だけど可能性がある。

穢れを止め、エレノアを助けることができるかもしれない存在を、リディアーヌは知っている。

「――ちょっと、リディアーヌ⁉」

そうと気が付くと、リディアーヌは駆《か》けだしていた。

背後から驚いたマリたちの声が聞こえるけれど、立ち止まっている暇《ひま》はない。『彼』の住む場所は、ここからあまりにも遠いのだ。

「リディアーヌ、あんたどこに行くの！」

「助けを呼びに行ってくるわ！　あなたたちは安全な場所に逃げなさい！」

「安全な場所って……！」

短く答えるリディアーヌに、マリが困惑《こんわく》の声を上げる。ちらりと視線を向ければ、顔を見合わせるマリとソフィが見えた。

迷うようなその態度は、だけどすぐに消える。彼女たちは頷《うなず》き合うと、先を行くリディアーヌを追いかけた。

「助ける方法があるなら、このまま自分だけ逃げられないわよ！」

「わたしたちも一緒《いっしょ》に行くわ！　――でも、あなた、どこへ行くつもり？　アドラシオン様のお屋敷《やしき》なら逆方向でしょう⁉」

聞こえるのは、二人分の足音と声。一緒に行く――という言葉に、胸を詰《つ》まらせている暇はない。リディアーヌは背後の足音を力に視線を上げ、夕暮れに沈《しず》む神殿の先を見据《みす》えた。

「アドラシオン様ではないわ！　あの方は穢れに触れることができないの！」

「穢《けが》れに触れられない⁉　じゃあ、誰に助けを――」

「決まっているわ」

ソフィの疑問に、リディアーヌは答えを迷わなかった。

暗闇に落ちる夜の下、月明かりを頼りに見据えるのはただ一点。

神殿の片隅《かたすみ》にある、一柱の神のおわす場所だ。

「エレノアの神様――クレイル様に、お力をお借りするの！」


一方そのころ、ソワレ様を追って騒乱のただなかに飛び込んだ私はといえば。

「あいたっ――くない！　ソワレ様⁉　レナルド⁉　ここどこ⁉」

案外元気に生きていた。

しかも、怪我《けが》らしい怪我もない。穢れに呑まれてもいない。それどころか、周囲には穢れの気配すらもない。

慌《あわ》てて跳《は》ね起きた私が見たのは、どことも知れない暗闇だった。あたりは静かで、冷たく、やけに湿《しめ》った土のにおいだけが満ちている。

――……土のにおい？

いったいここはどこだろうかと、私は視線を巡《めぐ》らせる。足元を見て、周囲を見回し、頭を上に向けたところで、頭上にぽっかりと開いた穴があることに気が付いた。

まるで、内側から突《つ》き破られたかのような穴だった。穴の周囲はめくれ上がった石畳《いしだたみ》に縁《ふち》どられ、その先に夕暮れも終わりかけの空と、丸い月が覗《のぞ》いている。

——ここって……。

耳をすませば、かすかに喧騒《けんそう》が聞こえてくる。ときおり魔法《まほう》の弾《はじ》ける音がするたびに、頭上からぱらぱらと土塊《つちくれ》が落ちてきた。

「まさか、地下？　……あの魔物が潜《ひそ》んでいた場所!?」

地中から魔物が現れた瞬間《しゅんかん》は、ソワレ様を追いかけていた私も目にしていた。ソワレ様はその魔物に立ち向かい、魔物が消え去ると同時に投げ出されたのだ。そう考えると、たしかに位置的にありえない話ではないかもしれない。

なんにせよ、おかげで助かったらしい。穢れに囲まれずに済んだし、怪我がないのも掘《ほ》り返されたやわらかい土があったからだろう。

となると、次に気になるのは私以外の安否である。

「ソワレ様！　レナルド！　いる!?」

暗闇に向かい、私は一緒に落ちたはずのふたりへ呼び掛《か》けた。ついでに手の届く範囲《はんい》を探《さぐ》ってみるけれど、触れるのは地面の土だけだ。

井戸《いど》口みたいな大きさの穴に対し、案外中は広いらしい。あれこれ探ってみるけれど、ソワレ様やレナルドどころか、壁《かべ》らしいものにも行き当たらなかった。

――離《はな》れたところに落ちたの？　もしかして、落ちてきたのは私だけ⁉

周囲は相変わらず静かで、呼びかけの返事もない。ソワレ様もレナルドも、もしや地上に取り残されているのでは――と思うと、さっと血の気が引いていく。

今の地上はまずい。喧騒が響き続けているということは、まだ穢れがあふれているということだ。

「ソワレ様、ご無事で――もが！」

「声を出すな」

慌てて声を大きくする私の口を、突然《とつぜん》に誰《だれ》かが押さえつける。

この肉厚な手の感触《かんしょく》はレナルドだろう。いったいなにをする――と思う私に、彼は押し殺した声で囁《ささや》いた。

「上を見ろ」

「もが……？」

そう言われて、私は反射的に上を見る。目に入るのは、もちろん地上に開いた唯一《ゆいいつ》の出口だ。

――……あれ？

その穴から見える光景が、先ほどとは違《ちが》っていた。

藍色《あいいろ》のにじむ空に浮《う》かんでいた、まるい月が見えない。

代わりに見えるのは、月を隠《かく》す深い影《かげ》だ。人に似た輪郭《りんかく》を持つ影が、穴を覗き込むように頭《こうべ》を垂《た》れている。

だけど、人ではないことは明らかだった。揺《ゆ》れる輪郭に、粘《ねば》るような重たい動き。ぬらりとした光沢《こうたく》に、私は息を呑《の》む。

――穢れ……！

穴の前で頭を垂れたまま、穢れは動かなかった。

まるで、中にいる私たちを探しているかのようだ。身じろぎもせずたたずむ穢れを、私は息もできずに見上げていた。

そうして、どれほど見つめ合っただろう。永遠とも思われた緊張《きんちょう》を破ったのは、穢れの方だ。

不意に穢れは身を震《ふる》わせ、のろのろと蠢《うごめ》きだす。どうやら、私たちを見つけることはできなかったらしい。そのまま穢れは、ゆっくりと穴の前から去っていった。

再び見える丸い月に、私は安堵《あんど》の息を吐《は》いた。

「……気付かれなかったみたいね」

小声で呼びかければ、暗闇の中でレナルドの大きな影が頷いた。

「しばらくはこのまま、やりすごすしかねえな」

レナルドの声は、憂鬱《ゆううつ》に地下に響《ひび》いて消えた。

穴の外からは、終わることのない喧騒が遠く聞こえ続けていた。

とはいえ、憂鬱ばかりでもいられないわけで。

「……やっぱり、あの穴しか外に出る方法はないみたい」

じっとしていられず、手探りで空洞《くうどう》を探し回った結果、わかったのは地上の穴だけが唯一の出入り口ということだった。

地下には横穴ひとつなく、自力で地上に上るには壁がもろすぎる。結局、誰かにここにいることを見つけてもらうしかないようだ。

顔を上げれば、穴を通して薄暗《うすぐら》い空が見えた。もう、日暮れというよりは夜の方が近い時間。月は明るさを増し、わずかな光を地下へと落としていた。

その光を頼《たよ》りに、私はレナルドの大きな影を見た。

彼の傍《そば》にはもう一つ、未《いま》だ身じろぎもしない小さな影がある。

「ソワレ様のお加減はどう？」

「駄目《だめ》だな。やっぱり目を覚ましそうにねえ」

私の問いに、レナルドは苦々しく答えた。

地下に落ちてから現在まで、ソワレ様は目を覚ましていない。私が穴の中を探る間、レナルドが様子を見ていたけれど、あまり芳《かんば》しいとは言えないようだった。

「ただ、別に体に異状があるわけでもなさそうなんだ。呼吸もしているし、体温もある。……なにより、ちゃんと形を保っている」

そう言うと、レナルドは顔を上げた。

そのまま、彼は少し口をつぐむ。彼にしては珍《めずら》しく迷っている様子で、しばらく押し黙《だま》り、長い息を吐いてから、ようやく口を開いた。

「――なあ、お前、こいつになにをしたんだ？」

この暗闇《くらやみ》の中でも、不思議とこのときの彼の顔はよく見えた。

でっぷりとした肉厚な顔には、いつもの蔑《さげす》むような調子も、不機嫌《ふきげん》そうな気配もない。

ただ、ひどく真剣《しんけん》な表情で、彼は真正面から私を見据《みす》えていた。

「なにを……って」

「こいつは体が保てなくなっていた。普段《ふだん》は平気なふりをしていても、気を抜《ぬ》くとすぐに駄目になる。寝《ね》ているときに、こんなにしっかり体があるはずがないんだ」

言われて暗闇に目を凝《こ》らせば、たしかにソワレ様はいつもの姿をしているようだ。

暗くてはっきりとは見えなくても、体の輪郭くらいは見て取れる。神様のような丸い不定形にはなっていないし、大きさも華奢《きゃしゃ》な少女のままだ。

だけど、それを『良かった』とは思っても、それ以上言えることはなにもなかった。

「なにもしてないわよ。そんなことする余裕《よゆう》なんてなかったじゃない」

私がしたのは、落ちていくソワレ様を捕《つか》まえたことだけだ。穢《けが》れの浄化《じょうか》をした記憶《きおく》はない。そもそも私の魔力《まりょく》では、浄化したところでたかが知れている。

なんのことかと眉《まゆ》をひそめる私に、レナルドもまた眉をひそめる気配がした。

「……自分で気付いていないのか？」

「気付く？」

「いや、いい。……まだ、助かったかどうかわからねえしな」

問い返す私に首を振《ふ》ると、レナルドは視線をソワレ様に移動した。

大きな影がソワレ様を見下ろして、重々しくうなだれる。

「――ただ」

続く言葉は静かだ。土の中に染《し》みるように、幻《まぼろし》のようにぽつりと彼は告げる。

「もしこいつが無事に目を覚ましたなら、お前は恩人だ。礼くらいはしてやるよ」

「…………」

その姿を、私はしばし呆《ほう》けたように見ていた。

なんというか――予想外だった。いつも不機嫌で横柄《おうへい》。そのくせ目上にはへこへこ愛想笑い。神殿《しんでん》でも悪名高い、嫌《きら》われ者の神官レナルド。

彼に抱《いだ》いていた印象と、今の姿はずいぶん違う。口と態度は相変わらず悪いけれど、その中にはソワレ様への真摯《しんし》さがにじみ出ていた。

「……あなたって」

そんな姿に、私は知らず嘆息《たんそく》していた。仰《あお》ぐようにレナルドを見て、しみじみと言葉を吐く。

「本当に、ソワレ様の王子様なのね……そんな体なのに……」

「お前は本当に無礼な女だな！」

しみじみしすぎてしまった。

失言に慌《あわ》てて口を押さえれば、先ほどまでのしんみりとした空気も消えていく。レナルドは真面目《まじめ》に話したのが馬鹿馬鹿《ばかばか》しいとでも言いたげに、がしがしと頭を掻《か》いた。

「体形のことはほっとけ。食べるくらいしか楽しみがねえんだよ！」

はあ――と長く息を吐くと、彼はどっかりと座《すわ》り直す。普段から横柄ではあるけれど、今の態度はさらに悪い。素《す》をさらけ出したような粗雑《そざつ》さで、彼は不機嫌そうに私を見た。

「お貴族様にはわからないだろうがな。平民の神官なんて鬱憤《うっぷん》しかたまらねえよ。うるせえ上層部に、わがままな聖女どもに、平民のくせにとやっかむ貴族出身の部下ども。食わずにやってられるかよ。愛想笑いも楽じゃねえのに」

いや、素が出すぎである。他《ほか》に人がいないからか、それともこんな状況《じょうきょう》で投げやりにでもなっているのか、レナルドは口の悪さも内心も隠そうともしない。

「おまけに、こいつはこいつで無茶しやがる。やめろっつっても聞きやしねえ。……ったく、誰《だれ》のために神殿にしがみついていると思ってんだ」

最後の言葉は、誰に聞かせるわけでもない。ただ地下の静けさにこぼれ落ち、私の耳に届いてしまっただけだ。

それでも、その言葉で理解する。彼が目上に媚《こ》びる理由も、アマルダの取り巻きをする理由も、鬱憤を溜《た》めながら神殿にしがみつく理由も。

「……ソワレ様を、救おうとしているのね」

すべては、この神殿で力を得て、ソワレ様を助け出すためなのだ。

――だから、『王子様』なんだわ。

口が悪くても、態度が悪くても、身分がなくても――お姫様《ひめさま》を助け出すのは、いつだって王子様の役割なのだから。

ただ、こうして事情がわかると、今度はまた気になることがある。ソワレ様の気持ちもレナルドの気持ちも、私から見ると同じに見えるのに。

「それなら、どうしてあなたが聖女にならなかったの？」

「……無能神の聖女が、それを聞くか？」

私の疑問に、レナルドの声がさらに一段階不機嫌になる。

暗闇の中で睨《にら》まれている心地《ここち》がして、私は無意識に身を竦《すく》ませた。

「今の神殿に神託《しんたく》なんか意味がないことぐらい、お前もよく知っているだろ。なあ、押し付けられた『代理』聖女様？」

「それは……そうだけど……」

神託で選ばれるのは、豊かな魔力を持つ心の清らかな人間。そこに身分や権力は関係ない。神は人の出自には左右されず、その心根を選ぶのだ――。

なんてことを、今さら正直に受け止めはしない。神託を偽《いつわ》っていることはルフレ様から聞いているし、実際にこの神殿では、自分を選んだはずの神に会えない聖女の方が多い。

「でも、ソワレ様よ？　この神殿では一番人に手を貸してくださる神様なのよ？」

ルフレ様みたいに気まぐれでもなく、人間を明確に助けてくれる神は珍しい。神々が離《はな》れた今の神殿にとって、ソワレ様の存在は大きいはずだ。特に穢れが増え続けている現状では、彼女はただ一つの頼《たの》みの綱《つな》だろう。

そんなソワレ様を無下にしていることが、私はにわかには信じられなかった。

「それに、勝手に聖女を選んだところでソワレ様が納得《なっとく》なさらないでしょう。自分が気に入った相手がいるんだから、嘘《うそ》の神託なんて無視すれば――」

「無視できれば、な」

私の疑問を、レナルドは鼻で笑った。

馬鹿にする、というよりも、自嘲《じちょう》するような笑い方だ。感情のない乾《かわ》いた声が、冷たく地下にこだまする。

「選んだはずの聖女から『やめてくれ』って頼まれれば、いくら神だって無視はできないだろ。『俺じゃなくて、別の誰かを聖女に選んでくれ』ってな」

「は……はあ⁉」

「神は脅《おど》せなくても、人間を脅すのは簡単だ。身分も低くて、金もなくて、ろくな魔力もなくて、おまけに後ろ盾《だて》もないような相手ならなおさら。『お前の家族がどうなってもいいのか』と言われたら、こっちはなにもできねえよ」

レナルドの黒い影《かげ》が肩《かた》を竦めた。その皮肉げな態度に、私は言葉が出てこない。

――だって……それじゃ……。

ソワレ様のことを、レナルド自身が説得したことになる。

家族を人質《ひとじち》に取られて、自分の神様を拒《こば》まなければならない彼は――よりによって選んだ聖女に拒まれたソワレ様は、どんな気持ちでいただろう。

「あのころはまだ見習いで、十二、三歳ぐらいだったか。おかげで現実がよく理解できた。金と権力がなけりゃ、ここじゃなんにもできない。理想だけじゃやっていけないんだってな」

「………………」

「必要なのはとにかく力だ。地位、身分、権力、金。上り詰《つ》めて偉《えら》くならなきゃ神殿は変えられないし、穢れが消えることもない」

そこまで言って、レナルドは長く息を吐《は》く。少し言い過ぎたとでも思っているのだろうか。彼は一度頭を振り、切り替《か》えるように軽く手を叩《たた》いた。

「穢れの原因探しが無意味な理由がわかっただろ。原因なんて、はなから神殿だってわかってんだよ」

だけど、私の頭はそう簡単には切り替わらない。レナルドの意外で重たい事実を上手《うま》く消化できず、暗闇《くらやみ》で一人視線を落とす。

レナルドの出世欲《よく》は、すべてソワレ様のためだった。ソワレ様のために必死になって、誰かに取り入ってでも上を目指して、穢れの元凶《げんきょう》である神殿を変えようと――。

――うん？

「穢れの原因って、そういう意味だったの⁉」

反省室でのやり取りを思い出し、私は天を仰ぎ見る。

あのときのひやりとした心地は、つまりは盛大《せいだい》な勘違《かんちが》いだったということだ。

「て、てっきり私は、神様のことを言われているのかと……！」

「なんだお前、自分の神を疑ってたのか？」

私の反応を見て、レナルドが笑う。嘲笑《ちょうしょう》でもなく、媚びるわけでもない、からかうような彼の笑い声に、私は恨《うら》みがましい目を向けた。

「……そうよ、悪い？」

もう認める他《ほか》にない。私はレナルドの言う通り、神様を疑っていたのだ。

だからこそ、レナルドの言葉も神様を指しているように思えたし、穢《けが》れの原因も必死になって探していた。神様の姿の変化をリディアーヌたちに打ち明けられなかったのも、神様に穢れの原因かどうかを尋《たず》ねられなかったのも、全部それが原因だ。

「どうせ私は、聖女失格よ。しょせん代理で、本当の聖女ではないのよ。神様のことを信じられないし、魔力《まりょく》もないし、そもそも選ばれてもないし！」

「いや、そこまで言ってないだろ」

ふん！　と鼻息も荒《あら》く自虐《じぎゃく》する私に対し、レナルドは冷静だ。今はからかうというより呆《あき》れた様子で、大きな手をひらひらと揺《ゆ》らす。

「いいじゃねえか。疑っとけ疑っとけ。どうせ神なんて信用できるもんじゃねえ。たしかに、神殿《しんでん》の言う『理想の聖女』ではないだろうがな」

「それ、神官の言うこと⁉」

神殿の神官、それも高位神官が言っていいことではない。しかも口調が軽い。

それでいいのかと訝《いぶか》しむ私に、レナルドはやはり軽い調子で首肯《しゅこう》する。

「疑うくらい当たり前だろ。どんなに親しい相手だろうが、なんも疑うなってのは無理な話だ。なんでもかんでも信じるなら、そりゃ相手を見てないのと同じことだろ」

レナルドの声は気負いがない。それこそ、当たり前のように告げる言葉が、暗い穴の中に反響《はんきょう》する。

「……当たり前」

私はその言葉を、口の中で繰《く》り返した。

言われてみれば、それはそうだ。友人同士だって、家族だって、まったくなにもかも信じて過ごすなんてできはしない。むしろ、互《たが》いをよく知っているからこそ、嘘や隠《かく》し事をされたときは気付くし、逆に関心のない相手なら、疑いすらも抱《いだ》かない。

そんなの、誰でもそう。

当たり前のことなのだ。『神』と『聖女』でないのなら。

「ま、聖女でもない俺の言えたことじゃないがな」

「いえ――」

おどけたようなレナルドに、私は首を振《ふ》る。

きっと今の私にとって、レナルドがそれを言ったことに意味がある。

聖女ではないからこそ――と思いかけ、私はふと違和《いわ》感に気が付いた。

――あれ。

なんだか周囲が妙《みょう》に暗い。もとより暗い地下だけど、今は先ほどまで見えていた互いの影も見えない。いったいなにが――と顔を上げ、私は息を呑《の》んだ。

月が見えなかった。

穴のある場所は塗《ぬ》りつぶされたように真っ暗で、空の端《はし》さえも窺《うかが》えない。

なのに、どうしてか『それ』だけは暗闇でも鮮明《せんめい》だった。

闇よりも深い、穴を埋《う》めるもの。濡《ぬ》れたような光沢《こうたく》を持ち、どろりと蠢《うごめ》く――。

――穢れ……！

空気の流れの途絶《とだ》えた地下に、穢れの異臭《いしゅう》が満ちていく。思わず身を引こうとする私を、レナルドが「シッ」と鋭《するど》く制止した。

「物音を立てるな。黙《だま》っていればやりすごせる」

頭上を這《は》う粘《ねば》ついた穢れの音を聞きながら、私は無言で頷《うなず》いた。

穢れが本当に物音に反応しているのかはわからない。だけど、逃《に》げ場のない今の状態では、息をひそめるほかに方法がない。

気付かずどこかへ移動してくれることを願い、私は呼吸を止めて穢れを見つめ――。

――……いえ、待って。

穢れよりさらに向こう側に、別の気配があることに気が付いた。

穢れの気配とは異なるそれは――私のよく知る、神の気配だ。

「か――」

呼びかけようと口を開き、声を出しかけたところで、私は反射的に続きを呑む。

頭をよぎるのは、これまでずっと私を悩《なや》ませ続けてきた問いだった。

――いいの？

今の神様なら、もう私でなくてもいい。彼の聖女になりたい人間はたくさんいる。

神託《しんたく》で選ばれてもいない、代理聖女は必要ない。魔力が豊富で、心清らかで、神様に疑念を抱くような相手ではない、本当の聖女を選ぶことができる。

なのに、理想の聖女にはなれない私が、神様の傍《そば》にいてもいいのだろうか。

「…………」

今も、神様への疑念は晴れていない。穢れの原因ではなくても、なにか関《かか》わっているのではないかと疑っている。

魔力だってろくにないし、心清らかでない自覚もある。文句も多いし怒《おこ》りっぽい。自分で言うのもなんだけど、特別美人というわけでもない。

自分の仕える神を相手に、突《つ》いて引っ張って伸《の》ばしもする。思いっきり揉《も》んでしまい、逃げられることもある。人の姿に戻《もど》られたとき、なんならほんのちょっとだけ、元の姿の方がよかったと思っていたりもする。

そんな私が、神様の傍にいても――。

――――いいのよ!!

理想の聖女になれなくたって構わない。『神』と『聖女』じゃなくてもいい。

傍にいる資格なんて知ったことではない。

たしかに、私は代理の聖女。始まりは不本意な、押し付けられた偽聖女《にせ》だ。役目だから、仕方ないから、聖女だからと神様の身の回りのお世話をした。

だけど今は、聖女だから神様の力になりたいわけじゃない。私が聖女でなくたって、神様が神でなくたって、きっと関係ない。

私は、エレノア・クラディールとして、『神様』の傍にいたいのだ。

「――――か」

長い迷いが晴れていく。

私は唇《くちびる》を噛《か》むと、今度こそ口を開いて、腹の底から声を張り上げた。

「神様――――――!!」

瞬間《しゅんかん》。

目の前の穢れが砕《くだ》けるように消えていく。

かすかな光の痕跡《こんせき》を残し、砂のようにさらさらと風に流れ――。

地下に、淡《あわ》い月の光が差し込んだ。

「エレノアさん！　ご無事ですか!!」

その月明かりを遮《さえぎ》って、一つの顔が穴の中を覗《のぞ》き込む。

怖《こわ》いくらいに端整《たんせい》で、身震《みぶる》いするほど鋭くて――だけどやっぱり、今も昔も変わらない。優《やさ》しい神様の顔が、私を見つけて安堵《あんど》にくしゃりと歪《ゆが》んだ。

「――エレノア！」

「ぐえっ」

神様の助けを借り、地上に出た途《と》端《たん》、私は真横からの強襲《きょうしゅう》を受けた。

いったいなにごと――なんて思うまでもない。締《し》め上げるように私を抱《だ》き留めるのは、見覚えのある黒髪《くろかみ》の聖女だ。

「あなたって人は……あなたって人は……！」

声には怒《いか》りが滲《にじ》む。私の肩《かた》に顔をうずめた彼女の表情は見えない。だけどきっと、あの赤い目も怒りをたたえているのだろう。

「いつも勝手なことをして！　自分だけで無茶をして！　クレイル様のことだって、どうして黙っていたのよ！」

「リディ……」

リディアーヌの怒りに、私は目を伏《ふ》せた。

彼女が怒るのは当然だ。リディアーヌの冤罪《えんざい》を晴らすと言いながら、私は結局最後まで神様のことを伝えられなかった。

だから、私は謝罪を口にしようとして――。

「リディ、ごめんなさ――――」

「相談してくれればよかったのよ！　あなたが自分で言ったんでしょう⁉」

「あっ、あだだだだだ⁉」

続く言葉は、力を増したリディアーヌの腕《うで》によって遮られた。

あまりの痛みに悲鳴が上がる。救いを求めて周囲を見回せば、リディアーヌのあとから駆《か》けつけたらしいマリとソフィが、恨《うら》みがましそうにこちらを見ていた。

「いやあ……言えないわよねえ、マリ」

「あーんなイケメンに変わったなんてねえ、ソフィ」

どうやら助けてくれる気はないらしい。腕を組んでこちらを見る二人は、声にもまた恨みがましさを滲ませている。妬《ねた》みの色など隠《かく》そうともせず、いい気味だと言いたげな二人の態度に、私は救いの手がないことを悟《さと》った。

丸い月の浮《う》かぶ晩。悲鳴を上げる私をよそに、周囲ではいくつもの歓声《かんせい》が響《ひび》いていた。

助け出された私の無事を祝う人たち。剣《けん》を手に、勝利を称《たた》え合う兵たち。互《たが》いに生き残ったことを喜び、手を取り合う神官たち。

穢《けが》れの気配は、もうどこにもない。月の下には、明るさに満ちた光景が広がっていた。

「……神様」

この光景があるのも、神様がいてくれたからだ。そのことが嬉《うれ》しくて、私はリディアーヌに締《し》め上げられながらも、傍《かたわ》らに立つ神様を見上げ――。

「……神様？　どうかされました？」

そこではじめて、神様の顔色が悪いことに気が付いた。

ランタンに照らされた神様の顔は、うっすらと青ざめている。視線は伏せがちで、眉間《みけん》には深いしわ。気分が悪いのか、手で口元を押さえてもいる。

「どこか、具合が悪いんですか？」

「ああ、いえ」

私が尋《たず》ねると、神様はぱっと口から手を離《はな》し、首を横に振《ふ》った。

「なんでもありません。少し、穢れに触《ふ》れすぎたみたいで」

そう言って浮かべるのは、いつもの微笑《ほほえ》みだ。窺い見る私の顔を見つめ返し、彼は安心させるように目を細める。

「それよりも、エレノアさんがご無事でよかった」

「……いや、よかねえな」

神様の言葉に答えたのは、ソワレ様を抱《かか》え、遅《おく》れて地上に出てきたレナルドだった。

彼は歓声のあふれる周囲を警戒《けいかい》深く見回して、肉に埋《う》もれた表情を険しくする。

「マティアス・ベルクールがいない」

考えてもいなかった名前だ。すっかり頭から抜《ぬ》け落ちていた存在に、私は無意識に眉根《まゆね》を寄せる。

マティアスを最後に見たのは、ソワレ様のことで怒鳴《どな》りつけたとき。その後のことはさっぱりわからないけれど、どうせ一人で逃《に》げたとか、そんなところではないだろうか。

別に、そんなに気にすることでも――。

「――あいつだ！」

ない、と思いかけた私の思考を、鋭《するど》い声が遮った。

無数の歓声さえ裂《さ》く必死の声に振り返った先にいたのは、まさに、今話に出ていたマティアスだった。

「あいつです！　あいつが元凶《げんきょう》なんです！」

驚《おどろ》く私の目に映るのは、荒々《あらあら》しい足音で駆け寄るマティアスと――その背後をついてくる、神官と神殿《しんでん》兵の集団だ。

この場にいる兵たちとはまた違《ちが》う。物々しく武装した一団に向け、マティアスは声を張り上げた。

「穢れの元凶は、あのおかしな神です！　あれが、ソワレ様の言っていた『堕《お》ちた』神に決まっています！」

「マティアス？」

マティアスの指先が示すのは、神様だ。

無事を喜ぶ人々の歓声も、周囲に満ちていた安堵の空気も、夜の静寂《せいじゃく》もすべてを破り、彼は憎悪《ぞうお》に満ちた目を神様に向けて、叫《さけ》んだ。

「だってあんな神、いなかったじゃないか！　そうでしょう――アマルダ様!!」


名門ベルクール侯爵家《こうしゃくけ》三男、マティアス・ベルクール。

彼は、生まれながらに成功を約束された男だった。

高貴な身分、恵《めぐ》まれた才能、たぐいまれな美貌《びぼう》に、膨大《ぼうだい》な魔力《まりょく》。女神《めがみ》ソワレの聖女の座さえ、将来の彼のために『予約』されていた。

彼の手の中にはすべてがあった。なにもかもを持つ彼には、他者を恨み、妬む必要もない。心には常に余裕《よゆう》があり、誰《だれ》に対しても親切だった。

悪意など、抱《いだ》いたことすらなかった。この神殿に、足を踏《ふ》み入れるまでは。

「――嘘《うそ》だ」

エレノアが助け出される少し前。まだ、無数の穢れが周囲を埋《う》め尽《つ》くしていたころ。

マティアスは、騒乱《そうらん》のただなかで呆然《ぼうぜん》と立ち尽くしていた。

ソワレは醜《みにく》く変わり果て、穢れの中へ消えた。追いかけたエレノアとレナルドもまた姿を消し、残されたのは絶望だけだ。

ソワレを失った以上、もう穢れは祓《はら》えない。誰にも、この状況《じょうきょう》を覆《くつがえ》すことはできなくなってしまった——はずだった。

「嘘だ、嘘だ、嘘だ……！」

目にした光景を、マティアスは受け入れることができなかった。

今、彼の瞳《ひとみ》に映るのは、絶望を覆す神の御姿《みすがた》だ。

リディアーヌに導かれ、騒乱を駆ける金色の神。ソワレよりなお強大な神気を纏《まと》う一柱の神が、穢れを次々と打ち砕《くだ》いていく。

「嘘だ、ありえない、こんなこと……」

ソワレより強い神気を持つ神など、アドラシオンかルフレか、あるいは最高神しかありえない。だが、視線の先にいるのは、明らかに見知らぬ神だった。

一度目にしたことがあるのなら、忘れるはずがない。夜闇《よやみ》にあっても陰《かげ》ることのない美貌。見る者の心を奪《うば》う圧倒《あっとう》的な力。あまりにも輝《かがや》かしい神の姿に、マティアスは怯《おび》えたように首を振る。

「…………やめろ」

口からは知らず声が漏《も》れていた。

指先が震《ふる》え、唇《くちびる》がわななないている。呼吸は浅く、鼓動《こどう》はいやに速かった。

視線は神を捉《とら》えたまま。目を逸《そ》らすことさえできない。脳裏《のうり》に焼き付けるように見つめる光景は、マティアスにとって希望であり、絶望でもあった。

穢れが消えていく。ソワレにしか消すことのできない、ソワレでさえ苦しみながら消していた穢れが、見知らぬ神の手で無慈悲《むじひ》なほど次々と打ち砕かれていく。

「やめろ……！」

穢れに襲《おそ》われていた神官が、神によって助けられる。

「やめろ！」

絶望的な状況に役目を放棄《ほうき》していた兵が、神の存在に力を取り戻《もど》す。

「やめろやめろやめろ‼」

穢れが消えるほどに歓声が上がる。

人々の顔に希望が戻っていく。

ソワレもいないのに。マティアスが、ここにいるのに。

「その役目は！　僕とソワレ様だけのものだ！」

神は聖女のためにしか力を振るえない。マティアスが許しているから、ソワレは人間を助けることができるのだ。穢れに襲われる人々も、神官たちも――あの男だって。

ソワレの視線の先には気づいていた。どれほどマティアスが歩み寄ろうとしても、どれほど手を伸《の》ばしても、彼女は振り返らない。幼少時から聖女になると約束され、憧《あこが》れ続けた彼の女神は、なにもかもを持つ己《おのれ》よりもあんなに醜い男を選んだのだ。

聖女になるべくして育ってきた。自分の根幹が、崩《くず》れ落ちるような心地《ここち》がした。

「僕が……聖女なんだ……！」

それでも、『聖女』はたしかにマティアスだった。あの男ではない。それだけはマティアスのものであり、それだけは決して覆らない。

誰もに求められる、穢れを砕く神の聖女。あの男すら頼《たよ》らざるを得ない、絶対的に有用な役目を担《にな》う者。

それだけが、聖女としての彼の価値だったのに。

「――――こんなの、ぜんぶ嘘だッ!!」

ソワレではない神を頼る人間たち。蚊帳《かや》の外に置かれた自分自身。収まりゆく騒乱へ向けて叫ぶと、マティアスは駆《か》けだした。

どこに向かうかは考えていなかった。今の彼の頭を埋め尽くすのは、否定の言葉だけだ。嘘だ、ありえない、穢れを消せるのはソワレだけ。あんな神はありえない。なにかの間違いに決まっている。

だけど叫ぶマティアスを、誰も追いかけては来ない。序列三位の神の聖女で、今まで神殿に貢献《こうけん》し続けてきたマティアスを、誰も顧《かえり》みない。

「嘘だ。ソワレ様にしかできないんだ。あんな神に、できていいはずがない……！」

暗闇を一人で駆けながら、マティアスは口の中でつぶやいた。

自分の見たものを信じたくない。圧倒的な神の力を認めたくない。自分の縋《すが》ってきたものが、呆気《あっけ》なく崩れ落ちるのを受け入れられるはずがない。

「――――そうだ」

そのためなら、事実だって捻《ね》じ曲げられる。

「嘘なんだ。あの神は、穢れを消したんじゃない。きっとなにかおかしな力で、穢れを操《あやつ》ってみせただけ。そうだ、そうだ……！　それができる存在がいるじゃないか！」

口にする声が弾《はず》んでいく。王子様めいた美貌が、歪《ゆが》んだ笑《え》みに変わっていく。

足元では、月に照らされた影《かげ》が揺《ゆ》らめいた。深く、重く、粘《ねば》りつくように。

「あいつが悪神なんだ！　ソワレ様は、あいつのことを言っていた！　聖女の僕にはわかるぞ！」

視線を上げれば、夜闇よりもさらに暗い建物の影があった。

食堂の騒乱から抜《ぬ》け出し、駆けてきた先。知らずにたどり着いていたのは、この神殿で最も大きな建物だ。

月の明かりさえ届かない、闇に染まった最高神グランヴェリテの屋敷《やしき》へと、マティアスは誘《さそ》われるように足を踏み入れた。

気分は高揚《こうよう》していた。
最高神の聖女に——あの騙《だま》されやすい女に話をすれば、なにもかも上手《うま》くいく。見知らぬ神は悪神となり、マティアスの地位は戻ってくる。淀《よど》んだ彼の心は、そう信じて疑わなかった。
だから、まさか——。

まさか、こんなことになるなんて思わなかった。

「……アマルダ？」
驚《おどろ》きと戸惑《とまど》いに、ぽつりとつぶやく私の横で、ふと神様が一歩前へと歩み出る。
歩み出た先は、マティアスたちのいる方向。神官と兵の一団の前だ。
同じように、一団から歩み出た影がある。兵たちに比べて明らかに小さな、少女の影
——アマルダだ。
互《たが》いに集団から前に出て、神様とアマルダは顔を向け合う。
見つめ合う一瞬《いっしゅん》。周囲に奇妙《きみょう》な静寂《せいじゃく》が満ちた。
月の明かりだけが二人を照らす。風もなく、音もなく、青い瞳と金の瞳が、互いだけを

映して息を呑《の》む。

それから。

「………私は」

こぼれ落ちるような声で、神様が囁《ささや》いた。

「ずっと、あなたのような方を探していました」

それはまるっきり、運命の出会いを果たした男女の光景で――。

……。

………。

無言のまま、神様の後ろで一つ深呼吸。アマルダの後ろでは、同じくマティアスが一呼吸。この状況下で立場が違《ちが》い、目的も違い、なんなら今の時点では互いに好感度も最底辺にあるけれど。

このときばかりは同じ気持ちで、私たちは声を揃《そろ》えて叫《さけ》んでいた。

「――はあああああああ!?」

幕間◆すべて茶番

穢《けが》れへの嫌悪《けんお》感は、日増しに大きくなっていた。

——……気持ち悪い。

穢れを打ち砕《くだ》く感触《かんしょく》が手に残っている。泥《どろ》のように粘りつく感情。触《ふ》れた瞬間《しゅんかん》に流れ込む悪意。消し去るときの、断末魔《だんまつま》めいた嘆《なげ》きの声。

穢れが消えていくたびに、人間たちは歓声《かんせい》を上げた。

誰《だれ》かが助け出されるほど力を得て、勇気を奮い立たせて穢れに立ち向かった。

そうして、ついに人間たちは穢れに打ち勝ち、平穏《へいおん》な夜を取り戻《もど》したのだ。

普段《ふだん》はいがみ合う者たちも、今ばかりは手を取り合って無事を喜んでいた。見知らぬ誰かのために泣きながら安堵《あんど》した。穢れを砕いた神に感謝をささげ、互いの勇気をたたえ合った。

美しい光景——なのだろう。誰も争わず、罵《のの》り合わず、奪《うば》い合うこともない。

だけど同時に、彼にはひどくおぞましい光景にも思えた。

我《わ》が身かわいさに逃《に》げ惑っていた兵が、誤魔化《ごまか》すように他人の無事を喜んでいる。無傷で助かった同僚《どうりょう》へ、神官が内心で怪我《けが》の一つでもすればよかったのにと惜《お》しんでいる。友のためにと助力を求めに来た聖女たちが、姿を変えた彼を見てあらわな嫉妬《しっと》の感情を抱《いだ》いている。

誰も彼もが、喜びの裏に暗闇《くらやみ》を抱いている。嫌悪感に耐え、吐き気を呑み、穢れを砕いて砕いて砕いた先で——ようやく救い出した、エレノアでさえも。

穴の底から見上げる、エレノアの安堵の表情。強い信頼《しんらい》の宿る瞳《ひとみ》。その奥に潜《ひそ》む疑念の色に、彼は気付いていた。

もうずっと以前から、彼女が自分に疑いを向けていることを知っていた。知っていて、誤魔化したのだ。彼女の口から疑惑を聞きたくないと。

——気持ち……悪い…………。

どれほど穢れを打ち砕いても、人間たちから穢れが消えることはない。強い友情を抱いていても、深い信頼を寄せていても、命の危機に瀕《ひん》してさえ、人間は醜《みにく》さを捨てられない。助け合い、手を取り合う人々の内に潜む感情に、彼は嫌悪感をこらえきれなかった。

慈《いつく》しむ言葉は嘘《うそ》。喜びの笑みは偽《いつわ》り。繰《く》り広げられる美しい光景など、しょせんすべてが茶番にすぎない。

その裏にあるものは、結局醜い心の集まりなのだ。

「……アマルダ？」

だからこそ、彼女の存在は輝《かがや》いていた。

どこまでも悪意はびこる人間たちから歩み出る、一人の少女。揺《ゆ》れる亜麻《あま》色の髪《かみ》よりも、透《す》き通る青い瞳よりも、凛《りん》と前を向く表情よりも、なによりもその内面に、彼は視線を奪われた。

まるで、暗闇に不意に浮《う》かんだ光のようだ。汚泥《おでい》のような人間たちの闇に、ぽつんと輝く真に無垢《むく》なる心。

目を離《はな》せなかった。まばゆいほどの心を見つめながら、彼は理解した。

彼女こそが、探し求めていた運命の聖女。

人間の未来を変えうる、分岐《ぶんき》点だ。

「――あなたがクレイル様だったなんて、私、本当に驚きました」

丸い月の下で、彼はアマルダの明るい声を聞いていた。

「でも良いんです？　ノアちゃんを置いて行ってしまって」

良い――とは、答えられなかった。

騒動《そうどう》もエレノアも、今は遠い。エレノアを置き去りにして、アマルダと夜道を歩きながら、彼は無言で首を振《ふ》る。

二人の向かう先は、最高神グランヴェリテの住むという屋敷《やしき》だ。これから彼は、五日間をその屋敷で過ごすことになる。

どうしてもアマルダと話がしたい。アマルダの傍《そば》で、アマルダのことが知りたいと、彼から頼《たの》み込んだのだ。

そのときのエレノアの反応は忘れられない。驚《おどろ》き、怒《おこ》ったような態度ははじめだけで、次第《しだい》に力を失《な》くしたように口をつぐみ、最後には黙《だま》って見送ったエレノアの姿が浮かぶたび、彼の足は止まりそうになる。

それでも、止まるわけにはいかなかった。

彼はアマルダを見て、聞いて、知らなければならない。それもおそらくは、この記憶《きおく》が戻る前に。さもなければ――。

さもなければ、の先は、まだ彼にはわからない。

ただ、どうしようもないほどの焦燥感《しょうそうかん》があった。もう、残された時間は少ないのだろうという予感があった。

国中に現れた無数の穢れが、審判《しんぱん》の日を急《せ》かしている。

だけど、『このまま』では駄目《だめ》なのだ。人間の醜さに喘《あえ》ぎ、美しさを見いだせない、今の彼のままでは。

「クレイル様？」

思考に沈《しず》む彼へ、アマルダが呼びかける。

下からこちらを覗《のぞ》き込み、心配そうに小首を傾《かし》げるアマルダは、何度見ても澄《す》んでいた。裏のない彼女の気遣《きづか》いに、彼はなんでもないと笑《え》みを返す。

「すみません。少し考え事をしていて」

「まあ、なにか悩《なや》みでもあるんです？」

「ええ、まあ」

悩み事はいろいろとあった。自分の曖昧《あいまい》な記憶。増していく穢れへの嫌悪感。わけのわからない焦《あせ》りと、未《いま》だ見えない未来のこと。

なによりも、一人残してきてしまったエレノアのことが、彼の心を重くする。

「……アマルダさん、その、エレノアさんのことなのですが」

もう騒動の声も聞こえない。振り返っても見えるはずがないのに、彼は無意識に背後に視線を向けた。

「私の姿や穢れのことでなにか咎《とが》があれば、エレノアさんではなく私にお願いします。特に、私がいない間にエレノアさんが責められることのないように、あなたの連れてきた神官たちにも伝えていただけないでしょうか」

「まあ。そのお願い、何度目かしら」

アマルダはそう言って、目を丸くしてみせる。

彼女の言う通り、エレノアに手を出さないようにと頼んだのは一度や二度ではない。この道中で、彼自身でも気づかないうちに同じ頼みばかりを口にしていた。

「お優《やさ》しいのね、クレイル様。ノアちゃんのことまで心配してくださるなんて」

くすくすと笑うと、アマルダは両手を背中で組み、彼に体を向ける。

嘘を知らない青い瞳は、まっすぐに彼の姿を映し込んでいた。

「ええ、必ず。約束するわ。神官様たちにはちゃんと伝えておくから、ノアちゃんのことは安心してください」

そう答えるアマルダの心には、相変わらず一切《いっさい》の曇《くも》りがない。

不安と焦燥感に駆《か》られる中で、紛《まぎ》れもない心からの言葉は――エレノアに害が及《およ》ばないことだけは、彼を安堵させてくれた。

4章◆不穏の顕現

そういうわけで、私は現在、獄中《ごくちゅう》にいるのである。

「――――ふ」

穢《けが》れの大発生から一夜明けた朝。

一睡《いっすい》もできなかった私を取り巻くのは、見たこともない光景だ。

灰色の壁《かべ》。冷たい石の床《ゆか》。床にぽつんと落ちる、小さな採光窓からの光。簡素な硬《かた》いベッドに、小さな文机《ふづくえ》に、背もたれすらない椅子《いす》に、ちょっとした棚《たな》と、ほんのりしなびた花瓶《かびん》の花と――。

それから、固く閉《と》ざされた鉄格子《てつごうし》。

「ふ、ふふふふ」

神様とアマルダの、あの実に熱い見つめ合いのあと、私を待ち受けていたのは、問答無用の取り調べだ。

神様の嘆願《たんがん》なんてなんのその。はじめは「話を聞くだけ」だと言われた取り調べは、いつのまにやら「『無能神』の変化を隠《かく》していた罪への尋問《じんもん》」に変わり、あれよあれよという間に『無能神』を虐《しいた》げ穢れを生み出した大罪人の捕縛《ほばく》」にまでなっていた。

「ふ――――」

その結果が、この通り。

私は穢れを生み出した犯人として、地下牢《ろう》へと閉じ込められることになったのだった。

「ふざけるな――――!!」

あまりの理不尽《りふじん》に、令嬢《れいじょう》らしからぬ怒《いか》りの声を張り上げるのも、こればかりは無理もないことだろう。

エレノアへ
神殿《しんでん》から話は聞いた。
いったいなんと言えばよいか……。
まさか、この国を揺《ゆ》るがしている穢れの原因がお前であるとは、とても信じられない。
お前はたしかに少々性格に難はあるが、心根は優しい娘《むすめ》のはずだ。
話を聞いた今でも信じたくないし、嘘《うそ》であってほしいと願っている。

しかし、神殿から急使がきて、印章の入った封書《ふうしょ》を渡《わた》されてしまえば、そうも言ってはいられない。

父として、お前のことは信じている。

いくら押し付けられた立場とはいえ、仮にも聖女となったお前が無能神を虐げていたとは、さすがに考えたくない。

お前はなにかと問題のある子どもだったが、聖女になりたいという気持ちだけは嘘ではないと思っていた。

だからきっと、これはなにかの間違《まちが》いだ。父である私にはわかっている。

だが……だが、わかるだろう？

お前の無実を信じているのは間違いない。

お前は私の娘だ。父として、家族として、お前を見捨てるつもりはない。

それでも……どうにもならないことはあるのだ。

神殿がお前を疑うということは、それだけの確信があってのことだろう。

その場にいない私がなんだかんだと言ったところで、実際に判断した神殿を説得することが難しいのはわかってくれるな？

もちろんお前を信じてはいるが、無能神を虐げるお前を『見た』という人間がいるからには、そのつもりはなくとも、そう見えることをしてしまったということだろう？

そうなれば私も、本当に残念だが、お前をかばいきることはできない。

エレノア。

父として私も心苦しい。私も辛《つら》いのだということを、お前にもわかってほしい。

私に力があれば、必ずお前を守って神殿と戦った。

お前がどんな不利な立場にあっても、きっと力になっていた。

クラディール家にそれほどの力がないことが、私は悔《くや》しくて仕方がない。

力のない父ですまない。今の私にはお前を守ってやる力どころか、この事件からクラディール家を守ることさえ難しいのだ。

この事件とは、つまり、お前が穢れの原因として裁かれようとしていることだ。

クラディール家から大罪人を出したとあっては、お前どころか他の家族にまで累《るい》が及ぶのだ。

だから……こんなことは私からは言いたくないのだが……。

エレノア……エレノア、どうかわかってくれ。

私はクラディール家から大罪人を出すわけにはいかないのだ。

お前のしたことのせいで——いや、お前がしたことではないとわかってはいるが——お前が問われようとしている罪で、お前の愛する家族まで危険に晒《さら》されてしまうのだ。

ただでさえ、お前が無能神の聖女になってからクラディール家への風当たりは強かった。

これ以上は、私の力ではどうにもならいことなんだ。

だから……すまない。本当にすまない。

すまないが……どうか、お前とクラディール家の縁《えん》を切らせてほしい。

この一文を書く手さえ震《ふる》えている、父の気持ちをどうかわかってほしい。

ふがいない父で、本当にすまない……。

娘を心より愛する父より

すまない。


「じゃないわよ！　このアホ————!!」

牢獄生活六日目の朝。

見張りの兵から受け取った最悪の手紙を握《にぎ》りつぶし、私は怒《いか》り任せに思いきり壁に投げつけた。

「ひっさしぶりに手紙が来たと思ったら！　弱気弱気と思っていたけど、ここまで弱気だとは思わなかったわよ!!」

少しくらいはかばってくれるかと思いきや、初手で親子の縁を切るとは恐《おそ》れ入る。

どうかわかってほしい、じゃない。わかってたまるか。

——『お前のしたことのせいで』って書いてあるし！　取り消すくらいなら書き直しなさいよ!!

やたらと長い手紙も、中身を読めばほとんどが言い訳だ。

どれほど『信じている』と書いてあっても、結局言いたいことは『縁を切ってくれ』というだけ。真面目《まじめ》に読んで損をした気がする。

「こういうときだけ手紙も早いし！　まあ、いいけど！　どうせお父様には期待なんてしてなかったもの!!」

手紙を受け取ったとき、『お父様が手を回してくれたのかも』なんてことは、まったく少しも思っていない。これでやっと牢から出られるんだ——と泣きそうになってなんかいないのだ。

——別に、ぜんぜん平気だし！　以前の神様の部屋よりはマシだし！　食事もカビたパンよりはよっぽど食べられるし！

けっ、と吐《は》き捨てると、私はくたびれたベッドの端《はし》に腰《こし》かけた。

あてにならない父はさておき、問題は流れるように入れられてしまったこの牢だ。

父の手紙にもある通り、現在の私は穢《けが》れの元凶《げんきょう》として捕《つか》まっていた。

心当たりはまったくないけど、私が神様をいじめたことで穢れが生まれ、そのせいで国中に穢れが広まってしまったのだという。

その罪を裁くため、私は数日後に裁判にかけられる。神の前で行われるこの裁判の結末を見守ろうと、神官たちはもちろんのこと、王家からも人が遣《つか》わされるのだそうだ。

――大事《おおごと》すぎて笑っちゃうわね。

はっ、と鼻で笑い、私は採光窓を見る。

さすがの私でも、こうなれば自分の置かれた状況《じようきよう》はわかっていた。

要するに、上手《うま》いこと嵌《は》められてしまったのだ。

――神託《しんたく》も偽《いつわ》るくらいだもの。そりゃあ、穢れの元凶も偽るわよね。

国中に穢れが溢《あふ》れ、魔物《まもの》まで現れてしまい、神殿《しんでん》が窮地《きゆうち》に立たされているというのは、今や有名な話。神々を祀《まつ》る神殿に責任がある、と王家のみならず国民からも批判を受け、神殿は穢れの原因を見つけようと躍起《やつき》になっていた。

そうして躍起に探した結果がリディアーヌの騒動《そうどう》であり、これである。

――まあ、たしかに犯人を押し付けるにはちょうどいいわよね。だって自分で言うのもなんだけど、私って怪《あや》しいもの！

人の姿になった『無能神』を隠《かく》していただけではない。神殿の最初の穢れである、ロザリーの事件の当事者であり、行方《ゆくえ》不明のエリックとは婚約破棄《こんやくはき》をしたばかり。魔物のときにも近くにいたのだ。もしかして、神殿で起きた大きな穢れの事件のほとんどに関《かか》わっているのではないだろうか。

おまけに私には、リディアーヌと違って強い後ろ盾《だて》もない。リディアーヌには及《およ》び腰だった神殿も、これ幸いと冤罪《えんざい》を吹っかけられるというものである。

――でも、実際に私は犯人じゃないわ。

投げ捨てた手紙を睨《にら》み、私は誰《だれ》もいない牢《ろう》の中で首を振《ふ》る。

神殿がなんと言おうと、父にいくら見捨てられようと、めげてなどやるものか。私は断じて犯人ではないし、私を信じてくれる人もいると知っている。

――リディならわかってくれるわ。マリとソフィも、私が神様をいじめていないことを知っているはずよ。

なんだかんだとお人好《ひとよ》しな三人だ。きっと私のことを心配しているに違いない。リディアーヌなんてあの性格だから、もし面会が許されるなら真っ先に会いに来て、ツンと憎《にく》まれ口――に似た、気遣《きづか》いの言葉をかけるはず。

――神々だって、私と神様の関係は知っているわ。アドラシオン様も、ルフレ様も、ソワレ様も。

神々は直接人間に手出しはできない――ということで、状況を変えてもらうことは期待できないけれど、信じてくれる相手がいるだけで心強いものである。

そうと思えば、父のことなんてどうってことはない。だいたい、親子の縁くらい姉だって切っているのだ。

――そうよ、お姉様なら。

こんなことでは折れたりしない。どんな苦境でも絶対に諦《あきら》めない。父など自分から切り捨てて、せいせいしたと笑うに決まっている。

だからこそ最後には、姉は姉だけの最高の幸せを掴《つか》んだのだ。

――お姉様なら、ここで負けはしないわ！　見習わなくっちゃ！

たくましい姉の背中を思い浮《う》かべ、私はこぶしを握り締《し》める。

そもそもこの騒動は、神殿内にはとどまらない。王家も関わる大事になったからには、王家の重鎮《じゅうちん》であるルヴェリア公爵《こうしゃく》家にも話は届いているだろう。

だとしたら、私のことは確実に姉に伝わっている。エリックとの婚約でも力を貸してくれた姉が、こんな状況に黙《だま》っていられるわけがない。絶対に無茶苦茶をしてでも、私を助けに来てくれるに決まっている。

――うん！

こう考えてみると、けっこう希望が見えてくる。なにもない地下牢だからとずっとくよくよしていても気が滅入《めい》るだけだ。父の手紙はなかったことにして、もっと前向きに考えよう――と、ベッドから腰を浮かしたときだった。

鉄格子の外の静かな廊下《ろうか》に、カツンと軽い足音がする。

神殿兵の重たい足音に交ざって聞こえる、小柄《こがら》な——女性のような足音に、私は反射的に立ち上がった。

「リディ⁉　もしかして、マリかソフィ⁉」

呼びかける声は弾《はず》んでいた。

聞こえる足音は、今までとは明らかに違《ちが》う。小走りにこちらへ向かってくる音に、逸《はや》るような気持ちで鉄格子《てつごうし》に駆《か》け寄って——。

「——ノアちゃん？」

その顔を見た瞬間《しゅんかん》、私の表情が強張《こわば》った。

牢の前で足を止めたのは、見たくもなかった亜麻《あま》色の髪《かみ》——私をこの場所に放《ほう》り込んだ元凶こと、アマルダだ。

「ノアちゃん、元気そうでよかった！」

アマルダは私を見て、ぱっと明るい笑《え》みを浮かべた。

口にする声は驚《おどろ》くほどに無邪気《むじゃき》だ。こんな状況で悪びれることもなく、友だちを見つけたように鉄格子に歩み寄る。

無防備なアマルダの行動に、慌《あわ》てたのは護衛として付いてきた神殿兵だ。すぐに制止の言葉をかけるが、もちろんアマルダが聞くわけがない。彼女は鉄格子ごしに手の届く距離《きょり》まで来て、私の顔を覗《のぞ》き込む。

「こんなことになっちゃったけど……本当に心配していたのよ。無事でよかった」

よかった、ではない。

誰のせいで『こんなことになっちゃった』と思っているのだ。

「なにしにきたのよ、アマルダ……！」

威嚇《いかく》するように低い声で言うと、アマルダが驚いたように瞬《またた》いた。

「なにって……ノアちゃんに会いに来たのよ。私たち、親友だったでしょう？」

「よく言うわよ！　こんなことをしておいて、親友なんて！」

私の反応に、アマルダは戸惑《とまど》った顔で頬《ほお》に手を当てた。

まるで予想外の反応だとでも言いたげだ。思わず私の頬がひきつる。

アマルダをまともに相手にしては駄目《だめ》。なにを言ったところで、こっちが悪役にされる

——とはいえ、こんな状況では悪役もなにもない。

思い切り睨みつけてやれば、アマルダが傷ついたように首を横に振る。

「ノアちゃん……。たしかに、ノアちゃんが捕まったのは私がきっかけだわ。……でもね、私もこんなふうに言いたくないけど——こうなったのは私のせいではなくて、ノアちゃん自身がしたことの結果なのよ？」

その口調は、まるで諭《さと》すかのようだ。

こちらが睨みつけているというのに、アマルダの視線はむしろ優《やさ》しい。憐《あわ》れみさえ感じる表情に、私の顔が余計に険しくなる。

「神官様から、ノアちゃんがしてきたことも、そのせいで穢れが生まれたことも聞いたわ。犠牲《ぎせい》になった人までいるのに、他人のせいになんてしないで。きちんと、自分の罪を見つめて」

「私の罪って、私は悪いことなんてしていないわ！」

力んだ手で鉄格子を握《にぎ》れば、ガチャンと重たい音がする。

鉄格子越《ご》しのアマルダは同情の表情を崩《くず》さず、ただ悲しそうに目を伏《ふ》せるだけだ。

「ねえ、ノアちゃん」

その表情で、アマルダは私に呼びかける。

口にする声は静かで、穏《おだ》やかで――少しだけ辛《つら》そうだった。

「クレイル様、今もグランヴェリテ様のお屋敷《やしき》で一緒《いっしょ》に暮らしているのよ」

ひゅ、と喉《のど》から息が漏《も》れた。

漏れたきり、私は凍《こお》り付く。頭の中が、一瞬《いっしゅん》、真っ白になった気がした。

「お屋敷でのクレイル様、本当にのびのびして、幸せそうなの。前のお部屋では、よっぽど窮屈《きゅうくつ》な思いをされていたのね。ようやく息が吐《つ》けたみたいなご様子で」

――嘘《うそ》。

親しみを込《こ》めて語るアマルダから、私は目を逸《そ》らした。

聞いてはいけない。アマルダの言葉は嘘ばっかりだ。信じてはいけないし、信じない。

「つらい思い出があるからかしら。ノアちゃんのことは口にも出さないのよ。それで、私のことは知りたいって、忘れようとするみたいに」

――嘘。うそ、うそ。

「もっと早く会うべきだった。あなたを見つけるべきだったって――」

――嘘に決まっているわ。

「――私のこと、『特別』なんだって。あの方、真面目《まじめ》な顔でおっしゃるのよ」

目を逸らす私に、ねえ、とアマルダが微笑《ほほえ》みかける。

「クレイル様は、やっと幸せを得られたの。それがどういう意味か、ちゃんと認めないといけないわ、ノアちゃん。ノアちゃん以外はみんな、ノアちゃんが悪いことを知っているのよ」

父も兄もエリックも夢中になった、優しく気遣うような聖女の笑みが、私へとまっすぐに向けられる。

まるで、私の心を砕《くだ》こうとするように。

「そうじゃなかったら――どうして誰も、ノアちゃんに会いに来ないの？」

「…………」

「六日も経《た》っても、今までノアちゃんと面会した人はいないのよ。クラディールのおじ様が、お手紙をくれただけ。それも、ノアちゃんを叱《しか》る手紙だって聞いているわ」

薄《うす》明かりの下で揺《ゆ》れる亜麻色の髪を見つめながら、私は「嘘だ」と口の中でつぶやいた。

アマルダの言うことは嘘。信じない。

たとえ、誰も会いに来ていないことが真実だとしても。

「誰もノアちゃんに会おうとしていないのよ。ノアちゃんがさっき呼んでいたリディちゃんも、面会の申請《しんせい》はないんだって」

「……嘘だわ」

「嘘じゃないわ。だから心配して、私がノアちゃんに会いに来たのよ」

親切な顔をして、アマルダは私を覗き込む。

澄《す》んだ青い瞳《ひとみ》が私を映し、どこか無邪気に瞬いた。

「それに、マリちゃんとソフィちゃんも。私、ノアちゃんのことがあってから二人に会いに行ったのよ？　ロザリーさんとも仲の良かった子たちだし、どうしているか気になって」

でも、と言って、アマルダは顔を曇《くも》らせる。

かわいそうに、と声に出さずとも、その表情が告げていた。

「……でも、あの子たち、ノアちゃんのことなんて話したくないって言っていたのよ。面会どころか、ノアちゃんは関係ないって、もう口に出すのも嫌《いや》みたいな様子だったわ。

……いくらノアちゃんが悪いことをしたと言っても、そこまで冷たくしないでもって思ったのだけど」

「嘘、嘘だわ！」

自分自身に言い聞かせるように、私は声を荒《あら》らげて否定した。

マリもソフィも、口は悪いけど冷たい人間ではない。

私が穢《けが》れの元凶《げんきょう》だなんて噂《うわさ》よりも、私のことを信じてくれるはず。

関係ないなんて突《つ》き放すようなこと、言うはずがないに決まっている。

「嘘ばっかり吐かないで！　アマルダの言うことなんて信じられるわけないじゃない！

私にこんなことをしておいて!!」

「ノアちゃん、だから責任を押し付けないで、ちゃんと自分の罪を――」

「罪なんてないわよ！　冤罪《えんざい》だわ！　こんなの許されないわよ！」

そう言い切ると、私は無理やりに顔を上げた。

信じない、認めない、このままでは終われない。

弱気な心を押しのけ、鉄格子を握る手に力を込め、縋《すが》るように声を張り上げる。

「私に冤罪を押し付けようなんて、お姉様が黙《だま》っていないわ！　お姉様はルヴェリア公爵《こうしゃく》夫人なのよ！　敵に回したら大変なんだから!!」

姉だったらこんなことで傷つかない。負けない。めげない。なんならこんな牢屋《ろうや》くらい、自力で脱走《だっそう》してしまいかねない。

アマルダになにを言われたって、姉ならきっと笑い飛ばすはずだ！

「…………あ」

なのに、姉のことを口にした途端《とたん》、アマルダは気の毒そうに目を伏せた。

口元に手を当て、私を上目で窺《うかが》い見ながら言いよどむ。

らしくない彼女の姿に、嫌な予感がした。

「ええと、ルヴェリア公爵様は……マリオンちゃんは、その…………」

「アマルダ様」

言葉を濁《にご》すアマルダに、傍《そば》にいた神殿《しんでん》兵の一人が囁《ささや》きかける。

「言って差し上げた方が良いのではないでしょうか？　ルヴェリア公爵のこと」

「…………そうね。ノアちゃんはマリオンちゃんの妹だもの。この話は知っておくべき、よね」

――なに……？

戸惑う私に、アマルダは重たげに頭を振《ふ》る。

ため息を一つ吐《は》き出すと、覚悟《かくご》を決めたように顔を上げた。

「ノアちゃん。言いにくいんだけど、ルヴェリア公爵様は――――」

――――うそ。

アマルダの言葉なんて信じない。

姉の選んだ相手に限って、それだけは絶対にない。

――お義兄《にい》様が、お姉様を捨ててアマルダに求婚《きゅうこん》している？

そんなこと、嘘《うそ》に決まっている。

ありえない。絶対、絶対、絶対にありえない。

――でも。

静けさの満ちる夜の牢獄《ろうごく》で、私は顔を上げられずにいた。

アマルダたちは、もうとっくにいなくなっている。あれ以降、この牢を訪《おとず》れたのは、食事を届けにきた見張りの兵が一人きりだ。

その食事は、手付かずのまま床《ゆか》に置かれている。

食べる気は起きなかった。食事が、いつからそこに置かれていたのかも覚えていない。

ベッドの端《はし》に腰《こし》を掛《か》け、食事も摂《と》らずに考えるのは、アマルダに見せられた手紙のことだけだ。

ルヴェリア公爵がアマルダに求婚している――なんて、ありえない。そう否定する私に、アマルダが悲しげに差し出した、公爵家の印璽《いんじ》の押された一通の手紙。

書かれている文字は、公爵本人のものだった。その文字が綴《つづ》るのは、紛《まぎ》れもなく――。

――恋文《こいぶみ》、だったわ。

アマルダを気にかけ、様子を知りたがり、返事を待ちわびる手紙だった。

日々の細やかなことまで問いかける文章。神官たちとのちょっとしたやりとりにも嫉妬《しっと》の見える言葉。穢れが増え、神殿で暮らすアマルダを案じ、どんな小さなことにも力になりたいと伝える文字の数々。それから。

『妻のことは、どうか忘れてくれ。僕は今、君のことしか考えられないんだ』

――うそ。

何度も何度も頭の中で否定する。膝《ひざ》の上で両手を握《にぎ》り、何時間も同じ思考を繰《く》り返す。

アマルダの言うことは嘘。

リディアーヌも、マリも、ソフィも、面会に来ないなんて嘘。

みんなが私を見捨てたなんて、絶対に嘘。

なにか……なにかきっと、どうしようもない理由があるに決まっている。

「うそ。嘘、嘘、嘘……！」

口に出し、頭を振って、何度も何度も何度も自分に言い聞かせる。

アマルダなんて信じない。いつも調子が良くて、適当なことばっかり。今回だって、自分に都合の良いことを言っているだけなのだ。

――でも。でもでもでも、あの手紙。

だけど、どんなに言い聞かせてみても、私は顔を上げられない。

奮い立たせようと声を出した先から、私自身が否定する。虚勢《きょせい》を張ることさえ、今の私にはできなかった。

落ちた視線の先には、ただ闇《やみ》だけが映っている。

月明かりさえない暗い夜。灯《とも》した燭台《しょくだい》の火は、目の前すらも照らさない。

牢獄は暗闇そのものだった。

――お姉様。

姉は、アマルダに負けなかった。父に否定され、兄に疎《うと》まれても、絶対に折れずに顔を上げ続けた。

涙《なみだ》なんて、最後まで見せなかった。晴れやかな笑顔《えがお》で家を出て行った、憧《あこが》れの姉。強くてたくましくて、誰《だれ》よりもかっこいい姉。

そんな姉が、誰よりも可愛《かわい》かった、夢のような結婚式《けっこんしき》が――。

私の夢が、足元から崩《くず》れていく。

「嘘……………」

こんなとき、姉ならどうしただろう。

それでも笑っていられるだろうか。

まだ顔を上げて、負けるもんかと言えるのだろうか。

「嘘に……決まってるのに……」

私は顔を上げられなかった。頭を嫌な想像が満たしていく。

リディアーヌは私に会いたがらない。マリとソフィは、私の話なんてしたくもない。

お義兄様は、お姉様を捨ててしまった。

世界で一番幸せな、あの結婚式さえも嘘だった。

「…………」

きっと、誰も私を助けには来ない。

このまま裁判を迎《むか》え、有罪になって——そうしたら、私はどうなるのだろう？

「…………やだぁ……」

喉《のど》の奥から、知らず嗄《しわが》れた声が漏《も》れていた。

肌《はだ》に触《ふ》れる空気は冷たい。暗い世界が見たくなくて、視界を隠《かく》すように両手で顔を覆《おお》っても、気休めにすらならなかった。

指先を、冷たい雫《しずく》が濡《ぬ》らしていく。私は体を丸めて、あふれるものを抑《おさ》えようと歯を食いしばった。

だけど止まらない。悔《くや》しくて苦しくて憎《にく》くて憎くて、たまらない。どこまでも黒い感情が、私の中を埋《う》め尽《つ》くしていく。どうやっても、止められない。

──だって。

いつものように笑えない。

悔しいと怒《おこ》って、ふざけるなと叫《さけ》んで、無理に顔を上げられない。

目の前が、なにも見えない。

──どうやって、立ち直ればいいの。

ここには誰もいないのに。

『──エレノアさん』

考えないようにしていた、思い出さないようにしていた声がよみがえる。耳元に響《ひび》く声は、だけど幻《まぼろし》だとわかっている。

『ねえ、エレノアさん。私ではいけませんか？』

約束の五日はもう過ぎた。

婚約《こんやく》を破棄《はき》されたとき、私の夢が終わったとき、暗闇に吞《の》まれそうになったとき。

『私は、あなたの光になりたいんです』

いつも傍にいてくれた神様は、どこにもいないのだ。

「──………神様」

思わずこぼれ落ちた言葉は、誰にも届くはずもない。

暗い夜の牢獄に、震《ふる》える声が静かに消えていく。

そのまま、声の余韻《よいん》さえも失われようとしたとき――。

「――はい」

幻のような声が、私の耳に届いた。

懐《なつ》かしくて、優《やさ》しくて――どこか場違《ばちが》いなくらいに、おっとりとした声が。

「なんでしょう、エレノアさん」

……。

……。

……はい？

「…………神様？」

私は涙を隠すのも忘れて顔を上げた。

牢獄は暗い。燭台の火も、近くをぼんやりと浮《う》かび上がらせるだけだ。

だけど、この深い闇の中に、たしかに彼の気配がある。

「神様、どうして？　だって神様は、アマルダのところにいるはずじゃ……！」

「出てきてしまいました」

驚《おどろ》く私に返ってきたのは、あまりにものんびりとした返事だった。

声には、どことなく苦笑《くしょう》めいた響きがある。妙《みょう》に場違いなその声音《こわね》に、私は呆気《あっけ》に取られてしまった。

「出てきてしまいました……って」

「それで、エレノアさんを捜《さが》していました。なかなか見つからなくて、こんな時間になってしまいましたが」

そう言いながら、気配がゆっくりと動き出す。

どうやら、ベッドに腰かける私に近づこうとしているらしい。コツン、という足音が、妙に大きく暗闇に響いた。

「こんなところにいたんですね」

続く声も、相変わらずのんびりと落ち着いていて――落ち着いていて、それだけだ。

少し低くて、穏《おだ》やかで、それ以上のなにもない。

――神様……？

喜びも、悲しみも、怒《いか》りすらもない。ひどく空虚《くうきょ》な声が、溶《と》けるように消えていく。

「すみません、エレノアさん、気が付かなくて。……あなたを泣かせたくないと思っていたのに」

「……い、いえ」

コツン、と足音が私の前で止まる。

影《かげ》は私の目の前。鉄格子《てつごうし》に閉《と》ざされた牢《ろう》の中。

暗闇に浮かぶ金の瞳《ひとみ》が、私をじっと見つめている。

「あの、神様……」

「はい？」

小首を傾《かし》げる彼を、私は呆《ほう》けたように見上げた。

さらりと揺《ゆ》れる髪《かみ》の影。瞬《まばた》きの気配。声も、姿も、神気も本人で間違いない。

「ええと……どうやってこの中に？　外は見張りがいて、鍵《かぎ》もかかっているはずなのに」

「ああ」

暗い影が、困ったように笑う。

その仕草だって、何度も見てきた神様そのもの――なのに。

「なんでしょう……入ろうと思ったら、入れちゃいました」

気の抜《ぬ》けるようなその言葉にさえ、どうしてか肌が粟立《あわだ》つ。体が凍《こお》り付いている。

「たぶん、私はやろうと思えばできるんです。……本当は、ずっとずっと、そうだったんだと思います」

いつものやわらかな態度に、呼吸が止まる。

冷たい空気が、私の背筋をぞくりと撫《な》でた。

「記憶《きおく》を取り戻《もど》すことも、姿を変えることも――あなたを苦しませるもの、すべて消してしまうことも」

この感覚は、たぶん恐怖《きょうふ》とは少し違う。不気味さとか、不安とかでもないのだろう。

今の彼に私が抱《いだ》いているのは、きっと――。

「壊《こわ》して、なかったことにできるんです。私という存在は、もとはそのためにここに来たのですから」

畏敬《いけい》、と呼ぶのだ。

圧《お》し潰《つぶ》すような圧倒《あっとう》的な神の気配に、喉からヒュッと音が漏《も》れる。全身の毛が逆立ち、知らず体が震えていた。

自分の反応に、どうして、という疑問も頭には浮かばない。目の前にいるのは、敬うべき、ひれ伏《ふ》すべき相手。これが神というものなのだと、私は肌で理解する。

「エレノアさん」

言葉もなく凍り付く私を見て、『神様』は目を細めた。

その表情のまま、彼は私の前で膝《ひざ》をつく。

誰《だれ》もが見上げるべき存在が、私を見上げて、恭《うやうや》しく手を伸《の》ばす。

「どうしてあなたばかり、つらい思いをするのでしょうね」

その手が触れたのは、私の頬《ほお》だった。指先で頬を撫で、涙《なみだ》ごと手のひらで包み込み、彼は静かに息を吐《は》く。

「どうして私は、あなたを置いて人間を守ろうなんて思ったんでしょうね」

彼の指はくすぐるようだ。私を見つめる瞳には、どこか誘《さそ》うような色がある。

ねえ――と呼び掛《か》ける声はやわらかく、それでいて、ぞっとするほど冷たい。

「全部、なかったことにしましょうか？」

暗闇《くらやみ》に、金の瞳が揺れている。

まっすぐに私を映す目の色に、私は声もないままに魅入《みい》られていた。

「記憶を取り戻せば簡単なんです。きっと私は、『この』私から変わってしまうでしょうけど」

それでも、と神様は言葉を紡《つむ》ぐ。それでも構わない、と。

かすかに口元を歪《ゆが》め、どこまでも優しく――悪魔《あくま》みたいに、甘い声で。

「あなたを苦しめるもの、なにもかも壊してしまいましょうか」

そう囁《ささや》く彼の表情《かお》から、私は目を離《はな》せなかった。

どうして、と尋《たず》ねたのは、やはり彼の方からだった。

『どうしてお前は、神々《われわれ》を敵に回してまでこの地を守ろうとする？』

母が怒り嘆《なげ》くのは、夫の血を踏《ふ》み荒《あ》らす、その行為《こうい》に対してのみである。

人間すべてを消し去ろうというわけではない。流れた大神の血の届かぬ、戦乱からはるか遠き地を踏むことさえ許さないわけではない。

これ以上、死した夫が冒瀆《ぼうとく》されることのないよう、血に塗《まみ》れた大地を洗い流すこと。

それだけが母の願いであり、その上に人間がいるか否《いな》かは重要な問題ではなかった。

『娘《むすめ》一人を望むのであれば、連れてこの地を離れればいい。妻に求めるつもりならば、天へ召《め》し上げればいい。この地に留《とど》まる必要はないはずだ』

人間の娘を欲《ほっ》すること、それ自体を咎《とが》めるつもりはない。共感はできずとも、それも神の気まぐれの一つとして受け止め、彼は彼として粛々《しゅくしゅく》となすべきことをなすだけだ。

だが、『あの男』は剣《けん》を握《にぎ》り、腐《くさ》り落ちた大地に留まった。

人間を背に、勝てるはずのない争いに身を投じ、ついには彼と対峙《たいじ》した。

——どうして。

その問いに、あの男はなんと答えたのだったろうか——。

「——まあ！　クレイル様、お茶くらいメイドに淹《い》れさせますのに！」

不意に聞こえたアマルダの声に、はっと彼は我に返った。

いつもの住まいを離れ、アマルダの暮らすグランヴェリテの屋敷《やしき》へ身を寄せてから今日で五日目。彼がアマルダから与《あた》えられた部屋は、古びた小屋とは比べ物にならないほど広く豪華《ごうか》な客室だった。

その客室へ、アマルダは毎日様子を見に訪ねてくれる。ならばもてなしをするべきだろう、と現在は紅茶を淹れているところだった。

暖炉《だんろ》の火で湯を沸《わ》かし、茶葉を蒸《む》らす彼の手元を、座《すわ》って待っているようにと言ったアマルダがいつの間にか覗《のぞ》き込んでいる。見開かれた青い瞳《ひとみ》に宿るのは、驚きと——わずかな、陰《かげ》りの色だ。

「神様のお手を煩《わずら》わせてしまうなんて……！　もしかして、今までも自分でお茶を淹れられていたんですか？」

手慣れた様子を見てそう尋ねたのだろう。アマルダは声を落とし、彼に気遣《きづか》わしげな視線を向けてくる。

「そういえば、お着替《きが》えもベッドの片付けも、ご自分でされていたとメイドから聞いています。お掃除《そうじ》も手伝おうとされた……って、本当ですか?」

「それは本当ですが……すみません、なにか問題があったでしょうか」

茶器を手にしたまま、彼は困った目でアマルダを窺《うかが》い見た。

アマルダの暗い顔の理由がわからない。なにか気が付かないうちに、礼を失するようなことをしていたのだろうか。

「私が住んでいる場所は、メイドがいないんです。身の回りのことはだいたい自分でしていたので、つい」

言い訳のように言いながら、彼は内心で自嘲《じちょう》する。

そもそも『無能神』の住処《すみか》は、メイドはおろか誰も近寄ろうとはしなかった。醜《みにく》い異形《いぎょう》の神には着るべき服もなく、片付けるべきベッドはいつの間にか朽《く》ち果て、掃除をするどころか彼自身が汚《よご》れを生み出す始末だ。

するべき『身の回り』ができたのは、エレノアが来てからだ。彼女は汚れた部屋を一掃し、寝《ね》るためのベッドを与え、世話をする『身』を与えてくれた。

だから、自分で自分の世話をすることに不満はない。

身の回りの世話をできることは、喜びですらあったのに。

「いつも、ご自分で……？　神様でいらっしゃるクレイル様が、そんな雑務を……」

「雑務なんて。慣れていますよ、このくらい」

「慣れるなんて！」

思いがけず返ってきた強い否定に、彼は困惑《こんわく》した。

己《おのれ》を見上げるアマルダの顔には、悲しみの色がある。許せない、と瞳が告げている。

「そんな生活、慣れてはいけません！　これは、神々であれば当たり前に受けられる奉仕《ほうし》なんですよ⁉」

その瞳に、じわりと涙がにじむ。

声に宿るのは悔《くや》しさだろう。彼女は怒《おこ》っているのだ、と彼は一拍遅《いっぱくおく》れて気が付いた。

泣きながら怒ってくれているのだ。無能神である、彼の境遇《きょうぐう》のために。

「クレイル様は、他《ほか》の神々と同じように敬われるべき存在なんです！　それなのに、こんな……ひどいわ……！」

「……」

「もっと早く、クレイル様の状況《じょうきょう》に気付いてあげればよかった……！　あんなボロボロのお部屋で、どれだけ寂《さび》しくて、辛《つら》い思いをされてきたことか……」

声を震《ふる》わせるアマルダを、きれいだと思った。

彼女はどこまでも澄《す》んでいる。醜さを隠《かく》す人間たちの中で、彼女だけは一切《いっさい》の嘘《うそ》がない。穢《けが》れのない純粋《じゅんすい》さが美しかった。

「お食事も粗末《そまつ》だって聞きましたし、家具もずいぶん古ぼけていて、窮屈《きゅうくつ》だとか……。聖女として、神様にそんな生活をさせるなんて信じられない。蔑《ないがし》ろにしているわ

だから、きっと――。

「ノアちゃん、あんなに聖女になりたがっていたのに、いったいなにをしていたのかしら

――」

「やめましょう、その話」

おかしいのは、己の方なのだ。

思わず口を突《つ》いて出た強い声に、彼ははっと口元を押さえた。

自分の出した声が信じられなかった。彼女に悪意がないのはわかりきっているのに、どうして無理に言葉を制したのかわからない。

本来の彼であれば、きっと笑って受け流していたはずなのに。

「……すみません、アマルダさん。私は自分の生活に、不満はありませんので」

違和感《いわかん》を呑《の》み込むと、彼は無理やりに笑《え》みをつくった。

その表情をアマルダに向け、口にするのは誤魔化《ごまか》すような話題の転換《てんかん》だ。

「私のことより、あなたの話を聞かせていただきたいです、アマルダさん」

「まあ！」

途端《とたん》、アマルダの表情が驚《おどろ》きに変わる。

目を丸くして頰《ほお》を押さえる彼女には、もう先ほどまでの怒りの色はない。目の端《はし》に涙《なみだ》の痕跡《こんせき》だけを残したまま、彼女は照れたように目を伏《ふ》せた。

「困るわ。私、普通《ふつう》の聖女なんですよ」

「いいえ」

アマルダの謙遜《けんそん》に、彼は迷いなく首を横に振《ふ》った。

「あなたほど特別な方を、私は見たことがありません」

それは、迷いなく本心だった。だからこそ、彼女のことが知りたいのだ。

それが神《かれ》にとって、どうしようもなく矛盾《むじゅん》した行為なのだとしても。

「教えてください、アマルダさん。あなたのことを、あなたの心を――」

アマルダのために用意した茶葉は、もう渋《しぶ》いくらいに蒸らされ、結局最後まで淹れられることはなかった。


「――勘違《かんちが》いしないでいただきたい」

アマルダの屋敷に滞在《たいざい》して、五度目の夜。

もう寝ようかという頃《ころ》に訪ねてきた神官たちに、彼は苦い笑みを浮《う》かべた。

「アマルダ様は、あなたを気の毒に思ったに過ぎません。聖女として、仮にも神であるあなたへの仕打ちはあまりにも憐《あわ》れだと。ただそれだけのことです」

「はあ」

月の光もない暗い夜。揺《ゆ》れる燭台《しょくだい》の火が、許可なく部屋へと入ってきた神官たちを映し出す。

神官の数は五、六人。全員、アマルダに深く心酔《しんすい》している者たちだ。

「アマルダ様は、最高神の聖女であらせられます。神殿《しんでん》からの信頼《しんらい》も厚く、民《たみ》からは慕《した》われ、王家に近しい公爵家《こうしゃくけ》の当主からも求められるお方。穢れに苦しめられている現在、この国にもっとも必要とされている神殿の至宝です」

そして、見るからに純朴《じゅんぼく》そうな、若い神官たちでもある。

彼らは、神たる彼にも敵意を隠さない。視線にあらわな嫌悪《けんお》と侮蔑《ぶべつ》、わずかの苛立《いらだ》ちを込《こ》め、畏《おそ》れることもなく睨《にら》みつけてくる。

「本来、あなたのような些事《さじ》にとらわれる時間はないのですよ、無能神様」

剝《む》き出しの悪意を向けられても、腹は立たなかった。

無能神として扱《あつか》われることには慣れている。今さらなにか思うことはない。

ただ、『やっぱり』と思うだけだ。

「いかに姿が変わろうと、無能神は無能神。ご自分の立場をお忘れなきよう。アマルダ様に必死に縋《すが》って、いったいなにを期待しているかは知りませんが、無駄《むだ》な努力です。アマルダ様があなたに振り向くことはありませんので」

やっぱり、人間たちは変わらない。

悪意を持ち、穢れを生み、他者を踏《ふ》みつけなくては生きられない。

そのくせ救いを求めながら、救いを求めていることにさえ気づかない。

「アマルダ様はお優《やさ》しいので口には出しませんが、本心では迷惑《めいわく》に思っているんですよ」

無言の彼に嘲笑《ちょうしょう》を浮かべ、神官はまた一歩足を進めた。

どろりと揺れる神官の穢れに合わせ、屋敷《やしき》に渦《うず》を巻く穢れも揺れる。

神殿内でもとりわけ濃《こ》い穢れの気配に、彼は静かに目を伏せた。

――気持ち悪い。

「身の程《ほど》はおわかりいただけましたか、無能神様？　まさか、明日以降も居座るつもりではないでしょうね？」

「……いえ」

吐《は》き気を抑《おさ》えながら、彼は首を横に振る。

今日で約束の五日は終わり。

なにかを得られた気はしないが、これ以上長居をするつもりはなかった。

「私は、明日には――」

「――なにをやっているの！　アルマン様！　シャルル様たちも！」

だが、それを告げるより先に、割って入る声がある。

穢れた屋敷に凛《りん》と響《ひび》く、アマルダの声だ。

「カミル様から聞いたわ、みんなが悪いことを考えているって！　私がいないうちに、クレイル様を追い出そうとしているって……!!」

「アマルダ様!?　こ、これは……その……」

予期せぬアマルダの登場に、神官たちがざわめいた。

カミルとは、アマルダを慕い屋敷に集《つど》う神官の一人。この場にいる神官たちとは不仲であり、言ってしまえば歓心《かんしん》を競い合う相手だ。

きっと、ライバルを蹴落《けお》とす好機と見てアマルダに告げ口をしたのだろう。神官たちは先ほどまでの威勢《いせい》を失い、青ざめた顔でアマルダを窺《うかが》い見る。

「ち、違うんです！　私たちは、ただ……！」

「言い訳なんて聞きたくないわ！　クレイル様にこれ以上ひどいことをしないで！　――ああ、かわいそうなクレイル様……！」

だが、アマルダは首を振るだけだ。それきり神官たちには見向きもしない。

彼女の視線が向かうのは、己だった。アマルダは迷うことなく、心配そうな顔で小走りに駆《か》け寄ってくる。

それを、神官たちが凍《こお》り付いた顔で見つめていた。穢《けが》れに染まった顔に浮かぶのは、嫉《しっ》妬《と》と羨望《せんぼう》。後悔《こうかい》と怒《いか》り。それから――。

救いを求めるような、憐れな目。

「アルマン様たちの言うことなんて気にしないで。私、迷惑なんて思っていませんから」

一層濃くなる穢れにも、神官たちの視線にも気が付かず、アマルダは彼の正面で足を止めた。

おもむろに伸《の》ばすのは、細くて白い手だ。

立ち尽《つ》くす彼の手を取って、アマルダは優しい笑みを浮かべてみせる。

「ずっとここにいてくださっていいんですよ、クレイル様」

溺《おぼ》れるような穢れの中で、彼女の姿だけが澄んでいる。

向けられた悪意も、隠せない下心も、救いを求める視線さえも、彼女の心を穢さない。

「私はグランヴェリテ様の聖女ですけど、あなたに選ばれた聖女でもあるんですから」

まっすぐな瞳《ひとみ》で告げる彼女は、暗い穢れの底で輝《かがや》く、光のようだった。

アマルダ・リージュは光だった。

この欲望《よくぼう》の渦巻く醜《みにく》い世界で、彼女だけはいつだって清らかで、穢れなく、純粋さを失わない。

神々に仕えられることへの喜びと誇《ほこ》りを抱《いだ》いて神殿に足を踏み入れ、そのすべてが虚像《きょぞう》であったことを見せつけられた新人神官にとって、アマルダこそが救いだった。

『まあ……そんなことが。あんまりだわ。あなたはなにも悪くないのに』

嘘《うそ》と偽《いつわ》りに塗《まみ》れた神殿内で、彼女だけは本当の笑《え》みをくれた。

『そんな方の言うことなんて、聞かなくてもいいの。ひどいことばかり言う人は、あなたを傷つけたいだけだわ』

弱い者を嗤《わら》い、心折れた者から順に切り捨てる神官たちの中で、彼女だけは彼のために涙を流してくれた。

『私でよければ、いつでもお話を聞くわ。迷惑なんて、少しも思っていないのよ。あなたのこと、放《ほう》っておけないんだもの』

寄《よ》り添《そ》い、慰《なぐさ》め、彼の心を掬《すく》い上げてくれた。

『そうだ、そんなにお辛《つら》いなら、私の屋敷で働いたらいかがかしら。元のお仕事のことは心配しないで。私は最高神の聖女だから、いろいろ融通《ゆうずう》が利《き》くの』

無垢《むく》で、素直《すなお》で、裏のない彼女だけが本当の聖女だった。

彼女こそは、選ばれるべくして選ばれた最高神の聖女に違《ちが》いなかった。

神官たちの間で囁《ささや》かれる『神託《しんたく》を偽った』という噂《うわさ》も、口さがない聖女たちからの陰口《かげぐち》も、彼にとってはくだらないとしか言いようがない。すべてはつまらぬ嫉妬や逆恨《さかうら》み。醜い心の持ち主は、清らかなアマルダが憎《にく》くて仕方がないのだ。

――守らないと。

だから、守らなければならない。そんなことで、アマルダを傷つけてはならない。

彼女こそは、人々を照らす光。千年でただ一人選ばれた、本当の聖女。

彼女の輝きを、決して曇《くも》らせるわけにはいかない。

絶対に守り抜《ぬ》く。どんな手を、使ったとしても。

『アマルダ様が「本物の聖女」になったなら、どうして穢れが消えないのだ？　もしや、神と寝所《しんじょ》を共にした――などと、偽りを述べているのではないのか？』

下賤《げせん》な神殿《しんでん》側の連中に反吐《へど》が出る。

アマルダ様が嘘など吐《つ》くものか。

『このまま穢れが増え続ければ、神殿側の立場も危うい。いつまでも男を侍《はべ》らせて茶ばかり飲んでいては、最高神の聖女の地位も安泰《あんたい》ではないのですよ？』

うるさい。うるさい。

お前らにアマルダ様のお心のなにがわかる。

『人出も手紙も規制をしているのですが、どうも王家に神殿内の情報が流れているようです。先日の魔物騒《まものさわ》ぎのことも伝わっていて……最高神の聖女はなにをしていたのかと……』

王家も、神殿も、アマルダ様を責めるばかりだ。

あの方がどれほど心を砕《くだ》き、現状を嘆《なげ》き、悲しんでおられるかも知らないで。

『最高神たるグランヴェリテ様が動いてくだされば、穢れの問題などすぐに解決するはず。アマルダ様は、唯一《ゆいいつ》選ばれた最高神の聖女であればこそ、我々も信じておりました。……ですが、このままでは――』

うるさい。

『我々としても、アマルダ様に疑惑を抱かざるを得ません。もしやアマルダ様は、我々を騙《だま》して聖女の座に収まろうとしたのでは、と』

うるさいうるさいうるさい！

穢れが消えればいいんだろう!?　元凶《げんきょう》を見つければいいんだろう!?

神殿にとって、納得《なっとく》できる答えを返せばいいんだろう!!

だったら見つけてやる。アマルダ様に仇《あだ》をなす、穢れの元を捕《つか》まえてやる。

――どんな手を、使ったとしても!!

どろり。

心が黒くなっていくのを、彼自身でも理解する。

どろり、どろり、どろり。

アマルダのために尽くし、駆け回り、黒く染まっていくのは彼だけではない。

この屋敷《やしき》に集まる者たちはみんなそう。恨み、妬《ねた》み、悪意の闇《やみ》に呑《の》まれていく。

――でも。

彼の見上げるアマルダは、やっぱり光なのだ。

――たすけて。

アマルダはいつだって、眩《まぶ》しい。


「――アマルダ様！　どうしてあの化け物をいつまでも屋敷に残すんですか！」

心優《やさ》しく慈悲《じひ》深いアマルダが、罪人たるエレノアにさえ心を砕き、様子を見に行った朝。

屋敷の自室に戻《もど》ってきた彼女を出迎《でむか》えたのは、怒り猛《たけ》るマティアスの姿だった。

ルフレの聖女だったロザリーはすでに神殿を退去し、アドラシオンの聖女たるリディアーヌは公認《こうにん》の『偽《にせ》聖女』。

現在の神殿においてはアマルダに次ぐ二番目の聖女でありながら、目の前で喚《わめ》くマティアスはあまりにも見苦しく、不敬だった。

「おまけに、勝手に作り話まで用意して、あの化け物を被害者《ひがい》に仕立て上げるなんて！　単なる聖女に罪をかぶせたところで、あいつが消えないと意味がないのに!!」

「作り話なんて……マティアス様、いったいなにをおっしゃるの？」

顔を真っ赤にして怒鳴《どな》り散らすマティアスに、アマルダは怯《おび》えていた。肩《かた》を竦《すく》め、小さく震《ふる》えるアマルダを守ろうと、神官たちは我先にと前へ出る。

新人神官である彼も、当然のように前に出た。

神殿の至宝たる最高神の聖女を、傷つけさせるわけにはいかない。

アマルダは光。いつだって、無邪気《むじゃき》に笑っているべきなのだ。

「とぼけるな！　なにが『なにをおっしゃるの』だ！　エレノア・クラディールだけを悪役にするなんて、僕は聞いていないぞ！」

だというのに、マティアスという男はアマルダを脅《おど》すように怒鳴りつける。

周囲の非難の目など見えてすらいないのだろう。今にも食《く》ってかかりそうな男に、アマルダは困惑《こんわく》した顔で首を振《ふ》った。

「悪役？　仕立てる？　どうされたんです、マティアス様。ノアちゃんがクレイル様にひどいことをしたのも、穢れを生み出したことも、神官様たちが一生懸命《けんめい》調べてわかった事実でしょう？」

彼女の言葉は諭《さと》すようだ。口にする言葉に、迷いやためらいは見られない。

悪いのはエレノアである。無能神には一切《いっさい》の非がない。そのことを、彼女はわずかも疑わない。

それだけ――それだけ信じてくれているのだ。

信じきってしまっているのだ、自分たち神官のことを。

――仕方ないんだ。

アマルダの無垢な瞳《ひとみ》を横目で見ながら、彼は心の中で小さくつぶやいた。

エレノア・クラディールの処遇《しょぐう》は仕方のないことだった。

神殿や王家が、アマルダの苦労や悩《なや》みを知ろうともせずに、最高神の聖女だからというだけで穢《けが》れ発生の責任を迫《せま》ったのが悪いのだ。

今だって、彼女は十分すぎるほど心を痛めている。穢れに傷つく人々に思いを巡《めぐ》らせ、日々祈《いの》り、涙《なみだ》を流し――これ以上、あの不遜《ふそん》な連中はなにを望むというのだろう。

――アマルダ様に笑顔でいていただくためだ。アマルダ様を悲しませないためだ。グランヴェリテ様だってそう望んでおられるはず。アマルダ様は、唯一の最高神の聖女なのだから。

だから――神殿と王家を納得させるために、犯人を作り出す必要があった。犯人として、エレノアは都合の良い存在だった。疑わしい立場で、神殿内に味方は少なく、父親であるクラディール伯爵《はくしゃく》は気弱で、なにも言ってこない。

神殿上層部は、エレノアの処遇を黙認《もくにん》した。今さらマティアスが不満を言ったところで、覆《くつがえ》ることはない。

――だいたい、最高神たるグランヴェリテ様がなにも言っていないのだ。我々が間違っているのなら、今ごろ神罰《しんばつ》を受けているはずではないか。

自らが選んだ聖女が過《あやま》ちを犯《おか》すことを、最高神が見過ごすはずがない。もしも間違っているのであれば、必ずや助言を与《あた》えるはずである。

だが、最高神からの言葉はなく、神官たちにも神罰は下っていない。

それはすなわち、自分たち神官のしたことは、神に許された行為《こうい》ということだ。エレノアは投獄《とうごく》され、罰せられても当然の人間だったということに他ならない。

――そう、そうだ。我々は無実の人間を陥《おとしい》れたわけではない。エレノア・クラディールは本当に元凶だった。思えば、最初から怪《あや》しかったではないか。

神に選ばれていない代理聖女で、最初の穢れ騒動《そうどう》にも関《かか》わっていて、行方《ゆくえ》不明となったエリック・セルヴァンの元婚約者《こんやくしゃ》。

そのうえ、無能神はエレノアのもとで姿を変え、その時期が穢れの発生と重なっているという。改めて考えてみれば、こんな偶然《ぐうぜん》があるとは思えない。

――作り話ではなかった。

たとえ――たとえ最初は作り話であったとしても、自分たちは真実を引き当てた。

　エレノアが排除《はいじょ》され、穢れが失われるのであれば、もはや彼女が捕《つか》まえられた経緯《けいい》など些末《さまつ》なこと。国には再び平和が戻り、悪は排除され、神殿《しんでん》は地位を取り戻す。

　それで、なにも問題ないはずなのだ。

「神官様たちが、間違《まちが》ったことを言うはずがないわ。マティアス様は神官様のことを信じられないとおっしゃるの？」

　内心で言い聞かせる彼とは裏腹に、アマルダは大きく胸を張る。

　後ろめたさなどどこにもない。まっすぐに前を向くその姿は凛《りん》として、

　――やめて。

「みんな、穢れを解決するために一生懸命なのよ。この国全体の危機なのに、誰《だれ》かを悪役にしたり、嘘《うそ》を吐《つ》く真似《まね》なんてしないわ」

　迷わず、涙すらも隠《かく》さず顔を上げ、

　――やめてくれ。

「私は神官様たちのことを信じているわ。ずっと傍《そば》で私を支えてくれた、本当に立派な方たちだもの」

　疑うことを知らない、絶対の信頼《しんらい》を口にする。

　可憐《かれん》でありながら芯《しん》の強さの見える横顔は、ただひたすらに眩しい。

　――やめてくれ！

ほんの、ほんのわずかでも疑ってくれれば。

かすかな違和感《いわ》を、矛盾《むじゅん》を。口にしなくてもいい。

表情に、視線に、声に、少しでも出してくれれば、なにかが変わったかもしれない。

だけど、アマルダ・リージュは圧倒《あっとう》的な光だった。

誰よりも清く、明るく輝《かがや》く。欲望《よくぼう》に塗《まみ》れた神殿の暗闇に決して染まらない。

どろどろの闇底から見た彼女は、あまりにも強く心を摑《つか》んでいく。

迷わせる暇《ひま》もなく、ためらう猶予《ゆうよ》すら与えないほどに、彼女はどこまでも穢れない。

「――ふざけるな！　なにが信じている、だ！　都合のいいことばかり言いやがって！」

たとえ、薄汚《うすよご》れた醜《みにく》い悪意を真正面からぶつけられようとも。

「あの化け物を消さないと意味がないんだ！　穢れを祓《はら》える神なんて、ソワレ様だけでいい！　クラディールを排除したって、どうせ他《ほか》の人間が聖女になるだけだろうが!!」

彼女は怒《おこ》ることもなく、少し悲しそうに首を振るだけだ。

「マティアス様」

自分をかばう神官たちを割って、アマルダは前へと歩み出た。

彼女の顔に浮《う》かぶのは、痛ましいくらいの苦しげな表情だ。

瞳は潤《うる》んでいる。刻んだ眉間《みけん》のしわが、彼女の悲しみを伝える。彼女は怒鳴りつけるマティアスにさえ、憐《あわ》れみを向けているのだ。

どこまでも優《やさ》しい、どこまでも慈悲《じひ》深い、あまりにも高潔な彼女は――助けて――マティアスを見つめて、ゆっくりと首を横に振った。

「ごめんなさい、マティアス様。……クレイル様がいなくなっても、穢れを祓えるのはソワレ様だけにはならないの」

「………………は？」

呆《ほう》けたようにマティアスが瞬《またた》く。

アマルダの顔に浮かぶ憐れみの表情は変わらない。

ただ静かに――助けて――小さく息を吐《は》く。

「私の神様も、できるもの」

「な――――」

マティアスは、なにか言おうとしていた。口が開き、動く舌が見えていた。

だが、その言葉が出ることはなかった。

部屋の中央、アマルダに向かい合い、言葉を吐こうとした口が――そのまま、どろりと溶《と》け落ちたからだ。

「………………？」

ぽたりと床《ゆか》に黒い染《し》みができる。

マティアスの目が、驚愕《きょうがく》に見開かれたのは――ほんの一瞬《いっしゅん》だけ。

すぐにその表情さえも黒く染まり、どろりと重たく溶け落ちる。

足も腕《うで》も、頭さえも溶け、ただの黒い塊《かたまり》となった『それ』に、神官たちは凍《こお》り付いた。

悲鳴も上がらない。なにが起きたのかすら、誰もわからなかった。

ただアマルダだけが、マティアスだったものを見下ろして、痛ましげに息を吐く。

「穢れを祓うことくらい、グランヴェリテ様にはできるの。……………ごめんなさい」

アマルダはそう言うと、視線をちらりと背後に向けた。

つられて、彼も視線の先を追う。陰《かげ》りを帯びた部屋の、さらに影《かげ》深い場所。先ほどまで誰もいなかった部屋の隅《すみ》に、誰かが立っている。

それが『誰』かわかった瞬間、彼は息を呑《の》んだ。

鮮《あざ》やかな金の髪《かみ》に、感情の見えない金の瞳。超越《ちょうえつ》者然とした無表情。誰の目にも美しい、理想を体現した美貌《びぼう》の神。

最高神グランヴェリテが、アマルダの視線の先でたたずんでいた。

――……………まさか。

アマルダの視線に応《こた》えるように、最高神は歩き出す。アマルダを見つめながら、目元をかすかに、笑《え》みのように歪《ゆが》ませて歩み寄る大いなる神の姿に――助けて――彼の体が震《ふる》えていた。

いや、彼だけではない。他の神官たちもまた、最高神の威容《いよう》に身を震わせていた。

──グランヴェリテ様……！　グランヴェリテ様が、最高神がアマルダ様のために！

この国を守護する神々の王が、アマルダの求めに応じて力をふるった。

マティアスの変化は、最高神の手によるものだった。穢《けが》れ切ったマティアスを、神の力で本物の穢れに変えたのだ。

その証拠《しょうこ》に、最高神はマティアスの前で足を止めると、薄い笑みのまま息を吸い──。

どろり、と。

自らの影の中に、マティアスの穢れを呑み込んだ。

「アマルダ様……グランヴェリテ様……！　ああ、奇跡《きせき》を目の当《ま》たりにできるなんて！」

静まり返った部屋に、感極《きわ》まった神官の声が響《ひび》く。

穢れを消し去る奇跡の瞬間を目の当たりにし、興奮が収まらない。ソワレにしかできない、いや、ソワレさえ苦しみながらしてきたことを、最高神は笑みさえ浮かべて行ったのだ。

歓喜《かんき》に体の震えが──助けて──止まらなかった。

最高神を気遣《きづか》い、アマルダはいじらしくも手を差し伸《の》べる。最高神もまた、アマルダの手を受け入れる。その神聖な光景に目を奪《うば》われる。

助けて。

アマルダを見つめる最高神に、神への信仰心《しんこう》が深まるのがわかる。

助けて。

なんて眩《まぶ》しい。なんて美しい。なんて理想的な神と聖女の姿だろうか。助けて。

部屋に歓声《かんせい》が上がる。助けて。神の加護はここにある、と。

助けて。迷うことも、憂《うれ》うこともなにもない。助けて。聖女アマルダと助けて最高神グランヴェリテ助けてこそは、我らに救いをもたらす助けて存在なのだ助けて。

たすけて。


たすけて。たすけて。たすけて。たすけて。たすけて。たすけて。たすけて。たすけて。たすけて。たすけて。たすけて。たすけて。たすけて。たすけて。たすけて。たすけて。たすけて。たすけて。たすけて。


約束の五日がすぎ、別れの挨拶《あいさつ》をするためにアマルダの部屋を訪ねた彼は、目の前の光景に息を呑んだ。

まだ朝と言える時間帯。南向きの、日当たりのいいアマルダの部屋の前。

開け放たれた扉《とびら》の向こうから聞こえるのは、神官たちの歓声と、それに応えるアマルダの声だった。

その声だけであれば、賑《にぎ》やかで明るい光景と思えただろう。

だが、実際に見える扉の向こうの景色は、重たくくすんだものだった。

――……穢れ？

空は晴れ、雲もない日。だというのに、南向きの部屋には朝の光も差し込まない。

窓の外は暗い。まるで夜のように影の落ちた部屋で、なにも気づかず騒《さわ》ぐ人間たちだけが、燭台《しょくだい》の火に照らし出されている。

「――ああ、クレイル様！　おはようございます」

扉の前で立ち尽《つ》くす彼の耳に、ふとアマルダの澄《す》んだ声が届いた。

はっと我に返って、彼は声に視線を向ける。そしてそのまま、目を奪われた。

呆然《ぼうぜん》と見つめるのは、神官たちに囲まれ、無邪気《むじゃき》に笑うアマルダ――の、横。

渦《うず》を巻く穢れに紛《まぎ》れてたたずむ、暗い影の落ちた『なにか』だ。

「こんな朝早くに、なにかご用でしょうか。お話なら、またあとで。お茶と一緒《いっしょ》にたくさんしましょう？　時間はいっぱいあるんですから」

目を細めるアマルダは、白い手でその『なにか』を握《にぎ》りしめている。

周囲の神官たちは、恭《うやうや》しく『なにか』を見上げている。

まるで、人の姿をしたものに、そうするように。

「クレイル様？　急に黙《だま》って、どうされたんですか？　……ああ、もしかして」

アマルダは隣《となり》に立つモノをちらりと見やると、少し恥《は》じらうように握りしめていた手を解いた。

「もしかして、グランヴェリテ様のことを気にされています？　ええと……不安にさせていたなら、ごめんなさい」

離《はな》れた手を胸の前で握り、アマルダは困ったようにはにかんだ。

瞳《ひとみ》に浮《う》かぶ気遣いの色には、今もわずかな濁《にご》りもない。彼女は歓声を上げる神官を背にし、たたずむモノを傍《かたわ》らに置き、影の落ちた部屋で青い瞳を瞬かせる。

『助けて』

彼女にまとわりつく無数の穢れにも、すぐ傍《そば》で響く声にも気づかずに。

「私にとっては、クレイル様もグランヴェリテ様と同じだけ大切なお方です。ご不安になることなんてないんですよ」

『助けて』

「たとえグランヴェリテ様が最高神でも――こんな言い方は好きではないですけど、クレイル様が無能神と呼ばれていても、なにも変わりません」

『助けて』

「私は、お二方の聖女です。比較《ひかく》なんてなさらないで、クレイル様」

『助けて』

アマルダはそう言うと、立ち尽くす彼に向かって歩き出す。

隣のモノにしたのと同じように、彼の手を握るつもりなのだろう。伸ばされる彼女の白い手に――一切《いっさい》の穢れの移らない指先に、彼は小さく首を振《ふ》った。

「アマルダさん、あなたは……」

視線を、アマルダの隣から離せない。

暗い部屋の中、誰《だれ》に顧《かえり》みられることなく蠢《うごめ》く『なにか』。

彼にとっては、ひどく懐《なつ》かしい形をした――それでいて、彼よりもずっと憐《あわ》れな存在が、どろりと重たい穢れを滴《したた》らせながら、縋《すが》るようにアマルダを追いかけている。

「あなたは、それが神に見えているのですね」

『助けて』

「クレイル様？」

『助けて』

「最高神と、呼ぶのですね。その憐れな木偶《でく》人形を」

それは魂《たましい》のない、誰かの器《うつわ》になるためだけの木偶人形。

『見る者の望む姿を見せる』というまやかしさえも消えかけて、半ば崩《くず》れ落ちながら、救いを求める哀《かな》しいモノだ。

消えかけのまやかしに、本質を隠《かく》す力はない。まやかしを祓《はら》うほんの少しのきっかけさえあれば、誤魔化《ごまか》しようのない真実の姿が見えてしまう。

人間にも、見えるはずなのだ。

傍にいれば、気にかければ——少しでも、相手を知ろうとするならば。

「木偶人形って……なにをおっしゃるんですか。変なクレイル様」

すぐ後ろまで追いかけてきた崩れかけの人形を見て、アマルダは苦笑《くしょう》した。

まるで冗談《じょうだん》でも聞いたようにくすくすと笑う彼女には、やはり一切の陰《かげ》りがない。

どこまでも澄んでいて、どこまでも清く、どこまでも輝《かがや》かしい。

泥《どろ》のような悪意も、叫《さけ》ぶような嘆《なげ》きも、切実な救いの声も、彼女には触《ふ》れられない。

——ああ。

そうか、と彼はようやく理解した。

だからこそ、彼女は美しいのだ。

かつてエレノアが、指先に触れただけで呑《の》まれかけた。ロザリーが、エリックが、マティアスが——溺《おぼ》れるほどの悪意を抱《いだ》いた人間たちが、みな耐《た》え切れずに呑み込まれた。

神さえ侵食《しんしょく》する暗闇《くらやみ》を、しかし彼女は受け取らない。

穢れに肌《はだ》で触れながら、アマルダの手は白いまま。向けられる無数の感情の、どれにも彼女は染まることがない。

「あなたには――」

アマルダは光だ。それはたしかにそう。

穢れた人間が、暗闇に堕《お》ちたものが、縋らずにはいられない光。

夜闇に見る町明かりの幻影《げんえい》のように、洞窟《どうくつ》の底から見上げる空のように、眩《まばゆ》いもの。

それでいて、手を伸《の》ばしたところで決して届かない。ただ輝くだけの光だ。

虫を集める光のごとく、穢れを集める。それだけの光でしかない。

『助けて』

必死に声を嗄《か》らして叫んだところで、彼女は耳を貸しはしないのだ。

「……あなたには、彼らの声が聞こえないのですね」

くしゃりと顔をしかめ、彼女はいっそ、憐れむようにつぶやいた。

どれほど人に囲まれても、彼女はなにも見ず、なにも聞かず、寄り添《そ》わない。

それが、聖女アマルダが清らかでいられる理由だったのだ。

「まあ。本当にどうしたのかしら、クレイル様」

アマルダは相変わらず、気を悪くした様子もなく笑い続ける。

「なにか、気になることでもあるんです？　また午後にでもお部屋にお伺《うかが》いするつもりだったけど……いいわ。神官様たちがいますけれど、中へいらしてくださいな」

暗い部屋に響《ひび》く明るい声。妙案《みょうあん》と言いたげに手を叩《たた》く、パンと乾《かわ》いた高い音。

部屋の奥からこちらに向けられる、無数の暗い瞳《ひとみ》に彼女は気付かない。

「みんなで一緒に、お茶を飲みながらお話ししましょう。——あっ、もちろんクレイル様にお茶を淹《い》れさせたりなんてしませんからね！」

そう言って、アマルダはどこまでも無邪気に手を伸ばす。

手を引いて招き入れようとでも言うのだろう。アマルダの真っ白な指先が、彼の手を掴《つか》む——。

「……クレイル様？」

その直前。彼は反射的に腕《うで》を引いていた。

まるで逃《に》げるような彼の行動に、アマルダがきょとんと首を傾《かし》げる。

「どうされました？　——って、ああ！　私ったら、はしたなかったですね……！　クレイル様といるとなんだかほっとして、つい甘えてしまって……ごめんなさい！」

「……いえ」

短く言うと、彼は逃げるようにアマルダから目を逸《そ》らした。恥ずかしげに頬《ほお》を染めるアマルダと、その背後に渦《うず》巻く穢れのちぐはぐさを見ていられなかった。

部屋からは、いくつもの嘆きの声が響き続ける。眩暈《めまい》がしそうだった。

「いいえ、お話は結構です。ここを出て行く前に、お世話になった挨拶《あいさつ》に来ただけですので」

「出て行く、ですか？」

一瞬《いっしゅん》、アマルダは不思議そうな顔をした。思いがけない言葉を聞いた、とでも言いたげな表情は、だけどすぐに消える。

代わりに彼女が浮《う》かべるのは、相手を気遣《きづか》うような、少し困ったような笑《え》みだ。

「クレイル様、そんなに固くならなくてもいいんですよ。ずっとここにいていいって、昨日もお話ししましたでしょう？」

「それは昨日お断りしたはずです。親切にしてくださったのに申し訳ありませんが」

「申し訳ないなんて！」

アマルダは驚《おどろ》いた声を上げると、慌《あわ》てて彼へと足を踏《ふ》み出した。

思わずぎょっとするほど近い距離《きょり》。強張《こわば》る彼を、無垢《むく》な青い瞳が見上げている。

かすかに目を潤《うる》ませながら、アマルダは再び手を伸ばした。先ほどとは打って変わって奥ゆかしい手つきで、ためらうように伸ばしては、遠慮《えんりょ》がちに引っ込める。

まるで、握《にぎ》ってもらうのを待っているかのようだった。

「遠慮なんて必要ありません。クレイル様がいてくださったら、私も嬉《うれ》しいんです。私はあなたの聖女――」

「遠慮ではありません」

だけど彼は、アマルダの手を取る気にはなれなかった。

距離を取るように一歩足を引き、改めてアマルダに顔を向ける。

「ご厚意を無下にするようで心苦しいですが、もともと五日の約束でした。エレノアさんにも無理を言って出てきたんです」

エレノアの名を口にしながら、彼は知らず眉根《まゆね》を寄せていた。

アマルダと話をするために、エレノアを置いて出てきた五日前。

別れ際《ぎわ》の、彼女の呆然《ぼうぜん》とした表情が、今も頭に残っている。

――エレノアさん。

きっと怒《おこ》らせてしまっただろう。呆《あき》れられてしまったかもしれない。

それでもエレノアのことだから、呆れながらも待ってくれているのだと思う。

――帰ったら、謝らないと。

得体の知れない焦燥《しょうそう》感は消えていない。このままでは駄目だと、なにかが訴《うった》えかけている。今の彼のままでは、取り返しのつかないことになる、と。

だとしても、彼は帰りたかった。あの小さくて、日当たりの悪い、この屋敷《やしき》とは比べ物にならないほど粗末《そまつ》な場所が恋《こい》しかった。

エレノアの顔が見たかった。怒《いか》りの言葉でもいいから、声が聞きたかった。

「……ノアちゃん？」

そう思う彼の顔を、アマルダが覗《のぞ》き込む。

「ノアちゃんのことを気にされて、そんなことを言っていたんですね」

アマルダの顔に浮かぶのは、同情だった。

これまでにも、何度か見てきた表情だ。悪意のない純粋《じゅんすい》な気遣いの色に――どうしてか、今は妙《みょう》にぎくりとする。

「かわいそうなクレイル様。……でも、もう恐《おそ》れる必要はありません。あなたを虐《しいた》げる人はいないんです」

アマルダはそう言うと、揺《ゆ》れる瞳《ひとみ》で彼を見つめた。

まっすぐな目には嘘《うそ》がない。吸い込まれそうなほど澄《す》んだ目は、ふと、安心させるように優《やさ》しく細められた。

「大丈夫《だいじょうぶ》ですよ、クレイル様」

やわらかな微笑《ほほえ》みを浮かべると、アマルダは今度こそ、迷いなく彼の手を握りしめた。

包み込むように握られた手に、アマルダの体温が移る。彼女の手は、少し熱い。彼を見上げる視線にも、今は熱が宿っていた。

そのまま、彼女はゆっくりと口を開く。

背筋を伸ばし、凛《りん》と顔を上げ――悪を正す、正義のような表情で。

「ノアちゃんは――偽《にせ》聖女エレノア・クラディールは捕《つか》まりました」

慈愛《じあい》に満ちた聖母のように、優しい声で。

「クレイル様。あなたは自由になったんです。……ずっとここにいても、もう誰《だれ》も咎《とが》める人はいないんですよ」

清らかな聖女アマルダの言葉に、頭がくらりとした。

エレノアが捕まった。その簡潔な一言が、理解できなかった。

「どういうことですか……？」

口から出る声は震《ふる》えていた。表情が強張り、信じられないと首を振《ふ》る。

そんなはずはない。だって、たしかに約束をした。

あの日、エレノアを置いていったとき。

アマルダはたしかに、嘘偽《いつわ》りなく彼の頼《たの》みを聞き入れたはずだ。

「咎があれば私に、とお願いしたはずです。私のことで――私の姿や穢《けが》れのことで、エレノアさんが責められることのないように」

「ええ、ちゃんと覚えています」

答えるアマルダの瞳は、今も一切《いっさい》の陰《かげ》りはない。

握りしめた手も離《はな》さない。胸の前で彼の手を包み込む姿は、まるで祈《いの》るかのようだ。

「でも、ノアちゃんが捕まったのは、『ノアちゃん自身のこと』です。クレイル様のお姿も――クレイル様が生み出してしまった穢れも、あなたの責任ではありません」

アマルダの手は熱かった。

血の気の引いた冷たい手に、アマルダの熱はあまりにも異質だ。

思わず後ずさり、彼は首を小さく振る。彼女がなにを言っているかわからない。

「ノアちゃんのせいで穢れを生まされて、クレイル様が心を痛めていたことは、みんなちゃんとわかっています。罪をかぶる必要はありません。ノアちゃんには、ノアちゃんの責任を取っていただくだけです」

離れた距離を詰《つ》めようと、アマルダはまた一歩近づいてくる。

アマルダの瞳は優しかった。穏《おだ》やかな顔には、なにもかもわかっていると言いたげな笑みが浮かんでいた。

ねえ——と口にする声は、慈《いつく》しむようだった。

「ねえ、クレイル様。……もう、自分の責任だなんて思わなくていいんですよ」

「…………あ」

誘惑《ゆうわく》にも似たアマルダの声に、彼は小さく息を漏《も》らしていた。

無意識に眉をひそめたのは、アマルダが眩《まぶ》しいからだ。

何度見ても、アマルダは美しい。誰よりも清らかで、なにがあろうと穢れない。口にする言葉のすべてが透《す》き通っていて、一切の偽りがない。

「ああ…………」

アマルダは嘘を吐いていない。いないのだ。

穢れの中で輝《かがや》く微笑みに、彼の表情が歪《ゆが》んでいく。

「……私……は」

愚《おろ》かだった。

どうしようもなく愚かだったことを、彼はようやく理解する。

アマルダに約束は無意味だ。彼女の言葉は、嘘であろうと真実であろうと、なんの価値もない。

五日前、彼と約束したときのアマルダは本気だった。

同時に、今のアマルダにも嘘はない。

語る言葉はすべて彼女にとっての真実で、約束を反故《ほご》にしたとさえ思っていないのだ。

「私は、なんということを……」

エレノアに、なんということをしたのだろう。

どうして、彼女を置いていってしまったのだろう。

約束に偽りがないからと、アマルダに付いて行ってはいけなかった。

エレノアを一人にさせず、傍《そば》についているべきだった。

得体の知れない焦燥感など、無視すればよかったのだ。

無数の後悔《こうかい》が頭を埋《う》め尽《つ》くす。だけどもう、取り返しがつかない。

「クレイル様、そんな泣きそうな顔をなさらないで」

溺《おぼ》れるような後悔の底で、アマルダの声が響《ひび》く。

憂《うれ》いのない、やましさのない顔をしながら、彼女はふっと優しく微笑んだ。

「あなたが悲しむ必要なんてないんですから」

さすがアマルダ様、と背後から声がする。

暗闇《くらやみ》めいた部屋から様子を見ていた穢れ《神官》たちの、歓喜《かんき》の声が響いている。

「な《た》んと《す》お優《け》し《て》い」

「神の《た》心さ《す》え溶か《け》すと《て》は」

「さす《た》がは《す》アマ《け》ルダ《て》様」

いくつもの声を背に、アマルダは顔を上げる。

無数の穢れたちに向け、底なしの輝きを見せつけるかのように。

「笑っていてください。それが聖女である私の、喜びなんですか――」

「――やめてください！」

あまりに悪趣味《あくしゅみ》な光景に、彼はアマルダの言葉を遮《さえぎ》って声を上げた。

そのまま、自分でも驚《おどろ》くほど荒《あら》くアマルダの手を振り払《はら》う。

「エレノアさんは、私を虐げていません」

「クレイル様……？」

傷ついた顔で瞬《またた》くアマルダを、憐《あわ》れには思えない。

アマルダの背後では、救いを求める声が響き続ける。渦《うず》を巻く穢れに吐《は》き気がした。

——愚かな……。

自由になった手を握《にぎ》りしめ、彼は奥歯を強く嚙《か》む。

幻想《げんそう》の光に手が届くはずはない。彼女は決して救いにはならない。

だけど愚かなのは彼も同じ。彼もまた、幻《まぼろし》に目が眩《くら》んでいた。

——彼女に、光を見出《みいだ》そうなんて。

アマルダの輝きに目を奪《うば》われて、ありえないものを探していた。

人間の可能性を、見つけようとしていたのだ。

人間に価値がないことなんて、彼はとっくに知っていたはずなのに。

「……どこですか」

えずくような吐き気は、自分自身への嫌悪《けんお》感だ。

取り戻《もど》せない後悔を呑《の》み、彼は押し殺した声を出す。

金の瞳《ひとみ》は、真正面からアマルダを捉《とら》えていた。

感情を抑《おさ》えた視線は、いっそ凪《な》いだように穏やかで——同時に、どこまでも冷たい。

笑《え》みを浮《う》かべていたアマルダが、この瞬間《しゅんかん》、はじめて怯《ひる》んだように肩《かた》を強張《こわば》らせる。

様子を見ていた神官たちまでもが、畏敬《いけい》に震えあがっていることに、彼は気が付いていなかった。

「エレノアさんは、どこにいるんですか……！」

静かな怒《いか》りを宿す目が、かつての神《かれ》とよく似た色をしていることにも。

『──ごめんなさい、クレイル様』

後悔に頭が揺《ゆ》れる。

『ノアちゃんの居場所は言えません。これは、クレイル様のためなの』

自己嫌悪に、目の前が暗くなる。

『クレイル様は傷つきすぎて、虐《しいた》げられていることもわからなくなってしまったのよ。あんな小さな部屋で、身の回りの世話すらしてもらえなくて……』

不安に体が震える。

自分の知らない場所で、エレノアは今、どんな目に遭《あ》っているだろう。どんな思いをしているのだろう。

『今のクレイル様は冷静ではないわ。怒《おこ》らないで、落ち着いて考えてみて』

愚かだった。

ああ、本当に──。

『頭を冷やせば、きっと私の言うことをわかってくださるわ』

どうしようもなく、彼は愚かだった。

聖女アマルダとの対話は無意味だ。

彼女にこちらの心は伝わらず、言葉は彼女の望むように解釈《かいしゃく》される。

どれほど必死に否定しても、彼女にとって『エレノアが無能神を虐げた』という事実は揺らがない。

否定するほどに、『それほどエレノアが怖《こわ》いのか』と思い込む彼女に、エレノアの行方《ゆくえ》を問い詰めてもらちが明かなかった。

――エレノアさん。

引き留めようとするアマルダを置いて、屋敷《やしき》を飛び出したのはつい先刻。

彼は今、ひとり息を切らして神殿《しんでん》の片隅《かたすみ》へ向かっていた。

――エレノアさん。エレノアさん。私は……私は、どうして……。

誰《だれ》も訪《おとず》れることのない、神殿の一番暗い場所。

アマルダの住む屋敷とは比較《ひかく》にならないほど小さくて、粗末《そまつ》な小屋。

身の回りの世話をするメイドもいない。紅茶を淹《い》れる使用人もいない。掃除《そうじ》も洗濯《せんたく》も身の回りのことも、自分でやらないといけない。他人から同情されるほどに、不便で不自由で――だけど。

――どうして。

だけど満たされていた。他に求めるものはなかった。

――どうして、人間なんて守ろうと思ってしまったのだろう。

『――神様』

人間の悪意に埋もれ、泥《どろ》のような姿で暗闇を這《は》う日々の果て。

穢《けが》れの中で崩《くず》れ落ちるのを待つだけだった彼の前に、荒々《あらあら》しいくらいに無遠慮《ぶえんりょ》に踏《ふ》み込んできた、あの瞬間から。

『私は、神様の聖女ですから!』

彼女がいれば、それでよかったのに。

息を切らしてようやくたどり着いた部屋は、淀《よど》んでいた。

窓を開け、空気を入れ替《か》えた形跡《けいせき》はない。汲《く》み置いた水が減った様子はなく、うっすらと濁《にご》っている。もったいないから傷《いた》みそうなものから食べるように、と何度も言い聞かされていたもらいもののパンは、夏の暑さですっかり腐敗《ふはい》しきっていた。

五日間、捨て置かれた無人の部屋で、彼は静かに目を閉じた。

――ああ。……そう。

口から短い息が漏《も》れる。心は空虚《くうきょ》で、焦燥感《しょうそう》は消えていた。

記憶《きおく》を抑《おさ》えつけるものは、もうどこにもない。

何年、何百年、彼は人間の醜《みにく》さを目の当《ま》たりにしてきただろう。

――そうか。

人間とは、そういうものだった。

穢れに溺れ、どこまでも救われない憐れな生き物。神に歯向かうほど傲慢《ごうまん》で、せめてもの慈悲《じひ》からも目を背《そむ》け、与《あた》えられた最後の希望さえ、自分自身の足で踏みにじる。

――そうか…………。

忘れていた諦念《ていねん》が、彼の心を満たしていく。

人への期待など、はるか昔に失って久しいもの。今になって必死になっていたことの方が、きっと間違《まちが》っていたのだ。

諦《あきら》めの底で記憶が覗いている。

もがくような抵抗《ていこう》をやめた今、目覚めようとしているのは――。

かつての神としての、彼自身だ。

「――様。本日より私が、御身《おんみ》の穢れを清めさせていただきます」

贅《ぜい》を尽《つ》くした屋敷で、あでやかな娘《むすめ》が一礼する。

娘を連れてきた神官が期待に目を細め、娘が口の端を吊《つ》り上げる。

こうして、新たな聖女が挨拶《あいさつ》に来るのは何度目だろう。

神の寵姫《ちょうき》とならんと野心を抱《いだ》き、それ以前にいた神官も聖女もすべてを追い出し、かわるがわる人間たちがやってくる。

顔には笑みを湛《たた》え、口からは賛美の言葉を吐き、胸の内によどみを抱《かか》える姿を見るたびに、神《かれ》の体は重くなっていった。

どろり。どろりと穢れが積み上がっていく。


「――様。本日より……わ、私が御身の穢れを…………」

人の減った屋敷で、怯《おび》えた娘が一礼する。

娘を連れた神官は目を伏《ふ》せ、娘は視線を合わせたがらない。

相変わらず、新しい聖女が神の前に現れ続ける。

かつては野心のために、他者を蹴落《けお》とした聖女たちが。

今は醜く歪《ゆが》み始めた神を、他者に押し付けられた聖女たちが。

嫌悪感に顔を歪ませ、恐怖《きょうふ》に涙《なみだ》を浮かべながら、どうにか偽《いつわ》りの賛美を口にする姿に、神の姿が崩れていく。

どろり。どろりと重く、形を保てない。

「――様。この国の穢れを一身に引き受けるお方。……どうか、御身の似姿を作る不敬をお許しください。このままでは、誰もあなたのお傍《そば》に寄りたがらないのです」

無人の屋敷を訪ねた神官が、震《ふる》える声で一礼する。

連れてこられる娘はもういない。

新しい聖女は、何年も前から現れなくなっていた。

「御身の器《うつわ》を作りましょう。誰にとっても美しいものを。御身のお傍に、再び人があふれるように」

それが最悪の一手だと、たぶん神は気が付いていた。

もしかしたら、目の前の神官さえも気が付いていたかもしれない。

それでも、目先の穢れを祓《はら》うことの方が、神官にとっては重要なのだ。

はるか未来の子や孫たちが、自らの提案のために滅《ほろ》ぶことになるとしても。

どろり。どろりと人の業《ごう》が積み重なる。


「――様」

そう呼ぶ人間はいなくなった。

似姿に人は集まり、似姿を人は神と仰《あお》ぎ、神《かれ》は忘れられていく。

粗末な小屋には、崩れかけの神がひとつ。

もはや人は寄り付かず、まれに与えられるのは蔑《さげす》みと罵声《ばせい》だけだった。

どろり。

人に残された時間が失われていく。

試練は終わりに向かっている。

そのことを覚えている人間さえ、今となっては消え果てた。

彼の下《もと》に残されたのは、神を忘れた人間たちの穢れだけだ。

絶え間ない穢れの呪詛《じゅそ》に、彼の記憶さえも削《けず》られていく。

消えていく数百年の記憶の中に、だけど美しいものは一つもなかった。

彼の見てきた人間たちは、誰も例外なく醜かった。

口で愛を語りながら心に憎《にく》しみを宿し、正義を求めながら悪意に身を浸《ひた》す。自ら救いの芽を摘《つ》み、滅びへ向かう憐《あわ》れな生き物ばかり。

どろり。

両天秤《てんびん》の、片側だけが重くなる。

もはや神の決断は覆《くつがえ》らない。彼が望めば、積み上げられた人間の業は、そのまま人間に返ることになる。

それが彼の役目であり、人間たちに与えられた試練の結末だ。

人間たちは、試練を乗り越《こ》えることができなかったのだ。

どろり。どろり。

体の中で、醜い穢《けが》れが渦《うず》を巻いている。

吐《は》き気がするほどの嫌悪《けんお》感が彼を満たす。

今すぐにでも手放してしまいたかった。

本当は、ずっとずっと以前から、捨てたくて仕方がなかった。

それでも。

まだ手放さずにいるのはなぜだろう。


神殿《しんでん》中を探し回り、ようやくたどり着いたのは、暗い地下の牢獄《ろうごく》だった。

月の光も届かないその場所で、少女が一人、声を殺して泣いている。

誰《だれ》も見ていないのに声を上げることもできず、嗚咽《おえつ》さえも堪《こら》えてベッドの端《はし》で顔を覆《おお》う。

消え入りそうなその姿を、彼は少しの間、無言で見つめることしかできなかった。

体が竦《すく》むほどの衝撃《しょうげき》がある。やりきれない怒《いか》りと、胸の痛みがある。駆《か》け寄り、言葉をかけることさえためらうような、深い後悔《こうかい》がある。

同時に——少女へ向ける彼の視線は、ひどく冷徹《れいてつ》でもあった。

――憐れな。

どろりと、彼女の中で暗闇《くらやみ》が揺《ゆ》れる。

恨《うら》み、嘆《なげ》き、誰かを呪《のろ》う声がする。

――醜い。

泣き濡《ぬ》れる彼女を美しいとは思えなかった。

結局彼女も、誰かを憎み、自らを憐れんで泣いているだけ。

それは、今まで彼が見てきた人間たちと、なにが違うと言うのだろう。

指を濡らす涙さえ、神の目にはよどんだ穢れと同じ色に映る。

目の前にいるのは、身に余る穢れに呑《の》まれるのを待つだけの、どこまでも平凡《へいぼん》な人間の娘なのだ。

――…………気持ち悪い。

彼女もまた、神を穢し、滅びへと向かう人間の一人。神の見つめる、醜い光景の一つ。

吐き気がする。

「……神様」

吐き気がするのに。

「はい」

縋《すが》るように己《おのれ》を呼ぶ娘に、彼は笑《え》みを取り繕う。

神には不要な偽りの表情を浮《う》かべて、驚《おどろ》く娘の前に立つ。

暗闇に泣く娘に、自分だけが味方のようにふるまい、慰《なぐさ》めるようなふりをする。

取るに足らない存在だと理解していながらも、なお。

――気持ち……悪い……。

胸の中で蠢《うごめ》く穢れが、神の思考を歪ませる。

もう神としての決断は終わり、このやり取りには意味がない。

神の心を侵《おか》す穢れを、これ以上抱えている意味がない。

なのに――なのに、どうして。

「――ねえ、エレノアさん」

どうしてひざまずく。

どうして手を伸《の》ばす。

「全部、なかったことにしましょうか」

どうして、そんな醜《みにく》いモノに触《ふ》れようとするのだ！

「記憶《きおく》を取り戻《もど》せば、簡単なんです。きっと私は、『この』私から変わってしまうでしょうけれど」

穢れた娘《むすめ》の頰《ほお》に触れ、涙を拭《ぬぐ》い、言葉をかける意味が神《かれ》にはわからない。

6章◆「神様」の聖女

確信があった。

この身に抱《かか》え込んだ穢れを捨てれば、失われた記憶は戻ってくる。

同時に、今は穢れによって歪められている思考や感情も『本来の彼』のものへと戻るだろう。

そうすれば、あとは最後の役目を果たすのみ。彼がこの地へ降りることになった、最初にして最後の役目。人間たち自らが招いた、あるべき結末を与《あた》えるだけだ。

だけど――そう。もしも娘一人を望むのであれば。

彼女一人であれば、醜くなり果てた己を支えた見返《め》りに、生きて他《ほか》の土地に逃《に》がしても構わない。妻にと求めるつもりならば、天へと召し上げてもいいだろう。

それで、なにも問題はない。この地に留《とど》まる理由はない。迷い、ためらう必要が、神たる彼には理解できない。

それでも。

――………気持ち悪い。

それでも、彼は未《いま》だ穢れを呑んだまま。あふれ出しそうな記憶を抑えつけ、涙《なみだ》に濡れた娘の瞳《ひとみ》を見る。

心の中で、『どうして』と自分自身に問いかけながら。

「あなたを苦しめるもの、なにもかも壊《こわ》してしまいましょうか」

どうして、そんなことを聞く。

どうして、すぐにでも消し去らない。

どうして、そうも縋るような声を出す。

どうして、そんな醜いモノを、宝石を撫《な》でるように触れる。

その答えは、歪《ゆが》んだ彼自身にもわからない。

「神様……？」

娘の声はかすれていた。目にはあらわな怯《おび》えの色があり、唇《くちびる》は震《ふる》えていた。

無理もない。目の前にいるのは、人間たちの咎《とが》を贖《あがな》わせるために降りてきた天上の神。本来であれば、触れるどころか拝謁《はいえつ》することさえ許されない存在である。

格上の存在に恐怖《きょうふ》するのは、生き物の持つ本能だ。

ゆえに、神は娘の不敬を咎めない。神への畏敬《いけい》があることは、凍《こお》り付いた娘の瞳がなによりも示している。

「な、なにをおっしゃるんです？　壊すって、まさか、そんなこと本気で……？」

「はい」

娘の頬に触れ、視線を合わせたまま、神は厳《おごそ》かに頷《うなず》いた。

「本気で。私ならできるんです」

声は淡々《たんたん》として、穏《おだ》やかだった。

脅《おど》すつもりはない。嘆かせたいわけでもない。当たり前のことを、当たり前に告げるのに、余計な感情は不要だろう。

さながら日常の会話をするように、神の心は凪《な》いでいた。

「あなたを残し、この大地を洗い流します。あなたを咎める者はいなくなるでしょう。その後は、私はあるべき場所へ戻りますが――」

ただ――。

「あなたが望むのであれば、ともに連れて行きましょう」

指先に感じる熱だけが、この冷たい牢獄でただ一つ、神にとって異質なものだった。

「あなたに永遠を与えましょう。苦痛を消し、安らぎを与えましょう。――人の身に、人ならざるものを与えましょう」

娘の目が驚きに見開かれる。

それを、神はかすかに目を細めて見つめていた。

永遠は、神から人間に与える褒章《ほうしょう》だ。死を免《まぬか》れ得ぬ人間にとって、それはなによりも求めるもののはずである。

「あなたのために、この地のすべてを壊しましょう。あなたに、不老と不死を与えましょう。この先の苦しみも、悲しみも、私があなたからすべて奪《うば》って差し上げます」

「…………」

娘は無言だった。啞然《あぜん》とした目が、神の顔を映して瞬《また》く。

神もまた、無言で娘の返事を待っていた。凪いだ心で目を細め――おそらくは、笑みに似た表情を浮かべながら。

「…………」

暗闇に静寂《せいじゃく》が満ちる。娘は沈黙《ちんもく》したまま、呼吸さえも止めているように思われた。

顔に浮かぶのは、今にもひれ伏《ふ》しかねない畏《おそ》れと崇敬《すうけい》だ。神を前に、人間らしい怯えを宿しながらも、娘は震える唇を動かし――。

「――こと」

恐怖を呑むように、ぎゅっと顔を歪ませた。

「そんなこと、させるわけないでしょう！　バカ――――!!」

大いなる神気に満ちた冷たい牢獄《ろうごく》に、娘の叫《さけ》び声と、ぱちんと乾《かわ》いた音がこだまする。

「…………はい？」

乾いた音の正体が、力んだ娘の手が己の頰を挟《はさ》み込む音だということに、神は一拍遅《いっぱくおく》れて気が付いた。

娘の顔は近い。神の顔を押さえつけ、ぐっと距離《きょり》を詰《つ》めるその表情に、神は瞬いた。

「なにを！　とんでもないこと言ってるんですか、神様!!」

少し前まで傷つき、泣いていた顔が、今は怒《いか》りに歪んでいる。

噛《か》みつきそうな距離で、ただの人間の――エレノアの目が、まっすぐに神様を射貫《いぬ》いている。


竦《すく》むような威圧《いあつ》感も、息が止まりそうな神の気配も、少し前まで泣きそうになっていたことも頭から追い払《はら》い、私は神様を睨《にら》みつけた。

私はたぶん、怒《おこ》っているのだ。

「いきなり出て行って、戻ってきたら急に変なこと言いだして！『はいお願いします』なんて言えるわけないでしょうが!!」

「………………」

私に頬を押さえつけられたまま、神様は呆然《ぼうぜん》と瞬いた。

思わず、と言いたげに、私へと伸びていた彼の手も引っ込められる。そのまま彼は、戸《と》惑《まど》ったように二度、三度と瞬きを繰《く》り返す。

「……なぜです？」

四度目の瞬きのあとで、彼はぽつりとつぶやいた。

私を映す金色の瞳が、困惑《こんわく》に揺《ゆ》れる。本当にわからないと言いたげだった。

「どうして、そんなことが言えるんです？　あなたばかりがつらい思いをしているのに」

「それは……！」

「たった一人で、こんな場所に閉じ込められて、無実の罪を着せられて――誰《だれ》にも知られないまま、怖《こわ》くて泣いていたのでしょう？」

牢獄に神様の声が響《ひび》く。

月明かりのない夜。誰も訪《おとず》れない地下。深い暗闇《くらやみ》の中で、燭台《しょくだい》の火に照らされた神様の姿がおぼろに浮《う》かぶ。

「理不尽《りふじん》だと、嘆《なげ》いていたでしょう？　恨《うら》めしくて、憎《にく》かったでしょう？　……なんで自分ばかり、と思っていたでしょう？」

神様の目は見透《みす》かすようだ。

私の心の奥の奥まで見つめて、彼は静かに息を吐《は》く。

「あなたは普通《ふつう》の人間です。ありふれた、善良で――同時に、悪辣《あくらつ》な。清らかではいられない方です」

「…………」

「他人のために、犠牲《ぎせい》にはなれない方です。受け入れられるはずがないのに」

神様の表情は変わらない。

私の前に現れたときから、ずっと同じ。静かで、穏やかで——影《かげ》の落ちた顔で、彼は問いかける。

「なのに、どうして犠牲になろうとするんです？　この国の誰も、あなたを助けようとはしないのに」

「…………そんなの」

心底不思議そうな神様の問いに、私はぐっと唇を噛んだ。

そのまま、神様を見据《みす》えて大きく息を吸う。

肌《はだ》に触《ふ》れる威圧感は変わらない。押しつぶされるような神の気配に、今にもひれ伏してしまいたい。指先が震え、体が怯え、畏れ多さに心が折れそうになる。

「そんなの——————」

だけどそんなことなんて、私は全部忘れて思いっきり眉根《まゆね》を寄せた。

たぶん、ではない。私は怒っていた。きっと、ものすごく怒っている。

「そんなの、『他人のため』じゃないからよ!!」

吸い込んだ息を怒声《どせい》に変え、私は神様の頬《ほお》をぎゅっと押しつぶす。

神様が驚《おどろ》き、目を見開いているけれど――。

――知ったこっちゃないわよ！　えーえー！　だって私は、アマルダと違《ちが》って清らかな聖女様ではないもの!!」

「国のために犠牲になるつもりなんてないわ!!

立派な聖女であれば、そりゃあもちろん、国のために神様の誘《さそ》いを断るのだろう。

だけど私は神様の言う通り、そんなに清らかな人間ではないのだ。

しょせん、聖女にも選ばれなかった代理聖女。他人のことより自分のことが大事だし、今の状況《じょうきょう》はつらいし、アマルダには恨みつらみが山ほどある。

やり返せるなら、喜んで仕返しもする。アマルダが痛い目を見るなら、正直スッとするだろう。実際のところ、二、三発くらいなら頬をひっぱたいても許されるんじゃないかと思っている。不老不死だって、そりゃあ興味がないと言ったら嘘《うそ》になる。

――でも。

でも、だ！

「だからって、自分が助かるために神様にそんなことをさせたいわけじゃない！」

力ずくで神様を押さえ込み、顔を近づけ、私は噛みつくように否定する。

鼻先にある神様の表情は、やっぱり最初に見たときと変わらない。

「知らない、誰かのためじゃないわ……！」

冷たいほどの神の威厳《いげん》を湛《たた》えながら、深い影を落としたその表情《かお》は――。

「私は、大切な人にそんな顔をさせたくないのよ！　神様!!」

最初から、少しも神らしくなんてなかった。

睨みつけた視線の先。私の手の間で、できそこないの笑《え》みを浮かべた神様が瞬く。

瞬きの拍子《ひょうし》に落ちる雫《しずく》に、神様はようやく気が付いたように、濡《ぬ》れた彼自身の目元に手を当てた。

神《かれ》にとって、娘《むすめ》の言葉はなんの意味もないものだった。

彼は公平にして公正な、揺るぎない神の天秤《てんびん》。絶対的な価値を量り取る裁定者である。

人間の感傷は天秤を揺らさない。娘がどれほど必死に訴《うった》えたところで、結局それは自分本位な感情に過ぎないのだ。

彼が求めているのは――人間たちが示すべきは、神に刃《やいば》を向けた咎《とが》さえも覆《くつがえ》すもの。

罪を赦《ゆる》すに足る、曇《くも》りなき輝《かがや》きだけだった。

――気持ち悪い。

目から流れ落ちるものが、神には理解できなかった。

神が人間に抱《いだ》くのは、博愛と憐《あわ》れみだけだ。神の心は人から遠く、人が触れることは叶《かな》わず、神の心が人に向くこともない。

――――気持ち、悪い。

だからこれは、神の心ではありえない。神の心が揺らぐはずはない。

ならば、この心の軋《きし》みは。

今、頬を伝い落ちる熱の正体は――。

――――気持ち悪い。

嫌悪《けんお》感の中で、最後まで捨てきれなかったもの。

何百年もの間、ずっと彼とともにあり続けたもの。

己《おのれ》の心を侵《おか》し続けた果て。ついに、神さえも捻《ね》じ曲げた、モノ。

人の、穢《けが》れだ。

――恨めしい。

濡れた指先を見つめ、彼は小さく息を呑《の》む。

体の内にため込んだ呪詛《じゅそ》は、今も変わらず恨み言を吐《は》き続けている。

――妬《ねた》ましい。

誰かと比べ、誰かを羨《うらや》み、誰かを下に見る。

淀《よど》んで醜《みにく》い嫉妬《しっと》と羨望《せんぼう》。優越《ゆうえつ》感と嘲笑《ちょうしょう》。溺《おぼ》れるような悪意。

――羨ましい。

平等ではいられない人間の醜い歪《ゆが》み。傲慢《ごうまん》で浅ましい不完全さの表れ。

人間の抱く、業《ごう》そのもの。

――憎らしい。

でも、それは――。

――エレノアを傷つけるものだから憎らしい。

すべてを等しく愛する神には知りえない、苛烈《かれつ》さの発露《はつろ》でもある。

より大切に想《おも》うものがあるからこそ、抱くことのできる感情なのだ。

自分にとって大切な相手のためにだけ向けられる、あまりにも小さく限定的な――だけど切実な、愛の裏返しなのだ。

「――あ」

彼は知らず、かすれた声を漏《も》らしていた。

自分の心が軋んでいる。そのことが未《いま》だに信じられず、首を振《ふ》る。だけど軋む事実を否定できない。

「ああ――」

なぜ、受け止めた穢れが限界を超《こ》えても、記憶《きおく》を閉《と》ざし続けてきたのか。

なぜ、すでに定まっていた神の決断を先延ばしにしたのか。

なぜ——なぜ、あんな焦燥感《しょうそう》を抱いていたのか。

今の彼には、理解できてしまう。

「私は…………」

神にとっては矮小《わいしょう》で、ひどく狭量《きょうりょう》な感情が心を占《し》めている。

泥《どろ》のような悪意の中にしか生まれない、憐れな人間たちの憐れな愛。かつての彼では気付くことのできなかった、小さくいびつな感情が、抱きすぎた穢れの底で叫《さけ》んでいる。

国のため、人々のために犠牲になれない彼女が、彼のためには犠牲になれる。

その重みを理解できない神《じぶん》には、戻《もど》りたくないと。

「——私は、人の心を得てしまったんですね」

人間らしい感傷が頬を伝い、頬に触れるエレノアの指を伝い、ぽとりと地面に落ちていく。

それは、誰《だれ》よりも高潔であった神の、失墜《しっつい》の証《あかし》だった。

どうして——と尋《たず》ねたとき、あの男は答えを迷わなかった。
『愛する女がいるからです』

そのためだけに、あの男は人間を背に、剣《けん》を手に取った。

『ここには、愛する女が愛しているものがあるのです』

腐《く》り落《き》ちた大地の上。咎人《とがびと》である人間を守り、ついには己と対峙《たいじ》した。

『俺は、そのすべてを守りたいんです』

なんの変哲《へんてつ》もない平凡《へいぼん》な娘を、宝石のように抱きながら。

『……どれほど言葉を尽《つ》くしても、今のあなたに理解していただくことはできないでしょう。——兄上』

——ああ、そう。そうだな。

あの頃《ころ》の彼には、どうやったって理解できなかった。

今の彼は、たぶんあの男と同じことを考えている。

——……エレノアさん。

この地には、エレノアの大切なものが数多くある。

それを失い、自分だけが生き残り、嘆《なげ》き悲しむ姿など見たくはない。

そのためであれば、役目などいくらでも放棄《ほうき》できる。誰を敵に回し、誰を踏《ふ》みつけても構わない。たとえ同じ神であろうと、親兄弟であろうとも。

あの男の答えは、神には理解できない。ちっぽけで、自分本位で、傲慢で——。

人間らしい、愛の言葉だった。

神様は無言のまま、いくつもの涙《なみだ》の筋を作っていた。

金のまつげを濡らし、ゆっくりと瞬《まばた》きをし、また一つ。人間と同じ涙がこぼれ落ちる。

そのたびに、凍《い》てつく神の気配さえも、溶《と》けてこぼれていくような気がした。

「……神様」

地下には静寂《せいじゃく》が戻っていた。

もう、震《ふる》えるほどの恐怖《きょうふ》は感じない。きっと目の前にいるのは、穏《おだ》やかで優《やさ》しい、いつものぽやぽやの神様なのだ。

そう思うと、体から力が抜《ぬ》けていく。神様の頬《ほお》に当てていた手もようやく離《はな》し、私は崩《くず》れるようにベッドに沈《しず》み込んだ。

「どうしたんですか、神様。急にあんな……らしくないことを言い出して」

もう、体に力は入らなかった。ぐったりとベッドに体を預ける私と、膝《ひざ》をついたままの神様。先ほどよりも少しだけ距離《きょり》のできた状態で、私はまだ少しおそるおそる、神様の顔を窺《うかが》い見る。

「大地を洗い流す——なんて、……冗談《じょうだん》ですよね？　あんまり笑えないと言いますか、冗談にしてはたちが悪すぎると言いますか。雰囲気《ふんいき》もいつもとぜんぜん違《ちが》って、まるで本気みたいな——」

だけどその顔は見えない。見えなくなった。

ほんの少しだけ開いた距離が、またすぐに詰《つ》まってしまったからだ。

「か、神様……？」

先ほどは私が手を伸《の》ばしたけれど、今度は違う。伸びたのは、神様の腕《うで》の方だ。

腰《こし》を引き寄せ、背中に腕を回し、神様は私を抱《だ》き留める。

優しい手つきでは、ないと思う。私の首筋に顔をうずめた神様は、痛いくらいの力を腕に込《こ》め、喘《あえ》ぐようなかすかな声で囁《ささや》いた。

「すみません、エレノアさん。今だけは」

それ以上、神様はなにも言わない。感じるのは締《し》め付ける腕の感触《かんしょく》と、頬をくすぐる髪《かみ》。

それから、流れ続ける涙の熱。

「………………」

再び静かになった地下牢《ろう》で、私は無言のまま瞬いた。

いろいろ聞きたいことがあった。文句を言いたいこともあった。怖《こわ》かった。驚《おどろ》いた。どうして急にいなくなって、どうして急に戻ってきたのか。どうしてそんなに辛《つら》そうで、どうしてそんなに苦しそうなのか。流れ続ける涙は、いったいなんのためのものなのか。

頭に浮《う》かぶ無数の言葉を、だけど今は呑《の》み込んで——。
私は縋《すが》りつく神様を受け止めて、そっとその背中に手を回した。
以前、私が神様に、そうしてもらったときのように。

エピローグ◆建国神話・おわり

足音を聞いたのは、それからしばらくしてからのことだった。

時刻は真夜中。兵たちの巡回《じゅんかい》も滅多《めった》にない時間帯。地下に響《ひび》く足音は、明らかに異質だった。

足音は複数。兵にしては音が軽く、数も多い。そのうえどうやら、こちらへ近づいてきているらしい。

「……神様」

私は息を呑み、神様に呼びかける。こんな時間に牢へやってくる人物なんて、どう考えてもまともな相手ではない。賊《ぞく》か、悪漢か、あるいは穢《けが》れでも出たのだろうか。

そう考えながら、私は慰《なぐさ》めるために抱き留めていた手に、守るように力を込め――。

「――――エレノア！」

その声を聞いた途端《とたん》、反射的に神様を引き剝《は》がしてしまった。

今だけは――と言っていた神様には申し訳ないけれど、気にしている余裕《よゆう》はない。意外なくらい素直《すなお》に離れてくれる神様を置いて、私は弾《はじ》かれたように立ち上がる。

声には聞き覚えがあった。だけど、こんな場所で聞くはずのない声だ。きつくて、いかにも高飛車そうで――泣き出しそうなほど震えた、私のよく知る声。

「……………うそ」

信じられない気持ちで、それでも確かめずにはいられずに、私は鉄格子《てつごうし》へと走り寄る。

ひやりと冷たい地下牢。固く閉《と》ざされた鉄の扉《とびら》の先。

期待と不安をないまぜに外を窺う私の目に映るのは――。

「エレノア！　ああ、もう、あなたって人は……！」

見慣れた友人の、見慣れない泣き顔だ。

美人だけどとびきりきつい顔が、今は子どものようにくしゃりと歪《ゆが》む。目元は赤く、瞳《ひとみ》は濡《ぬ》れて、目の端《はし》の涙は拭《ぬぐ》うのも追いつかないくらいに流れ落ちる。ぐす、と洟《はな》をすする音が、幻《まぼろし》みたいに地下に響いた。

「よかった………………」

「……リディ」

鉄格子の前で、私は呆然《ぼうぜん》と立ち尽くしていた。

「リディ、なんでここに、どうして」

現実感がなく、都合の良い夢でも見ている気がした。喜ぶことをためらうほど、目の前の光景が信じられなかった。

だって、ありえない。誰《だれ》も私に会いたがらないと、アマルダも言っていたのに。

「なんでもなにも、面会させてもらえないんじゃ、忍《しの》び込むしかないでしょう？　重罪人は面会謝絶って、冤罪《えんざい》でよく言うわ！」

「アマルダ、ほんっとムカつくわね！　わざわざあたしたちのところにきて、『ノアちゃんと友だちだったなんて……大丈夫《だいじょうぶ》？』って、あんたには関係ないっての！」

なのに、リディアーヌの後ろから騒《さわ》がしい二人が顔を覗《のぞ》かせる。言葉もない私に気付くと、二人はいかにも不敵な顔で、ニヤッと口元に笑《え》みを浮かべた。

「マリ、ソフィ……で、でも、どうやって」

信じるのをためらうように、私はまだ首を横に振《ふ》る。

ここは地下牢だ。神殿《しんでん》兵が入り口を守り、定期的に巡回もしている。私が重罪人だというのなら、警備も厳重だろう。

彼女たちだけで忍び込めるはずがないのだ。誰か、神殿側の人間に招き入れてもらわなければ。

「――どうもこうもあるかよ」

最後に聞こえたのは、三人とは比べ物にならないほど重い足音だ。ずしんと響く音とともに、不機嫌《ふきげん》な声が響く。

三人の、さらに後ろ。一目でわかる大きな影《かげ》は――。

「目を覚ましたら、礼くらいはするって言っただろう。……ったく、でけえ借りを作ったもんだよ」

忌々《いまいま》しそうに舌打ちをする巨漢《きょかん》の神官、レナルドだった。

リディアーヌたちはレナルドの協力の下《もと》、牢に入れられた私に会いに来たのだという。

レナルドは、アマルダの取り巻きの一人だ。高位神官という地位もあり、見張りの時間や配置にも口出しができる。

それでも、厳重な警戒《けいかい》をくぐるのは簡単なことではない。怪《あや》しまれない程度に見張りの隙《すき》をつくり、どうにか忍び込む機会を待ち、ようやく今日、ほんの少しの時間を得ることができたのだ――と、リディアーヌは手短に教えてくれた。

「あまり時間はないから、再会を喜ぶのは後回しよ。まずはあなたに、渡《わた》さないといけないものがあります」

涙《なみだ》を拭ったリディアーヌは、いつものツンとした調子に戻《もど》っていた。

取り澄《す》ました声もいつも通り。だけどその声には、かすかにいたずらっぽい響きが含《ふく》まれている。

「私に渡すもの？」

ええ、と頷《うなず》くと、リディアーヌは袖《そで》から折りたたんだ小さな紙片《しへん》を取り出した。

それを私に差し出して、彼女は言葉を続ける。

「これはわたくしがとあるお方からお預かりした、あなた宛《あ》てのルヴェリア公爵《こうしやく》夫人の手紙です」

「とあるお方……？　――って、お姉様からの手紙⁉」

思いがけない名前に、私は危《あや》うく受け取った紙片を落としかけた。

慌《あわ》てて掴《つか》みなおした紙片は、手紙と呼ぶにはあまりにも小さい。いくら折りたたまれているとはいえ、広げたところで便箋《びんせん》一枚ほどの大きさもなさそうだった。

こんな紙切れに、姉はいったいなにを書いてきたのだろう。内容を想像すると、紙を持つ手が震《ふる》えた。

――だって、お義兄様《にいさま》は、今……。

嫌《いや》な予感に、胸がひやりと冷たくなる。それでも見ないわけにはいかず、私は息を呑んで小さな紙片を広げた。

紙片はやはり、ただ一枚。燭台《しょくだい》のわずかな光の下、その紙に書かれているのは――。

『お姉様を信じなさい！』

たった一行の、力強い言葉だった。

あまりにも強すぎる。手紙と言いつつ、時節の挨拶《あいさつ》どころか宛名《あてな》すらもない。それでも姉と確実にわかる走り書きに、私は思わず吹《ふ》き出してしまった。

——さすがお姉様だわ……！

やはり姉は強し。偉大《いだい》なる姉の揺《ゆ》るぎなさに顔を上げれば、今度は同じだけ強い表情のリディアーヌと視線が合った。

「エレノア」

赤い瞳に宿るのは、たじろぐほどの力だ。鉄格子をきつく握《にぎ》り、息を吸う彼女の顔には覚悟《かくご》がある。

「必ず助けるわ。こんな理不尽《りふじん》なんて、全部ひっくり返してやるんだから！」

「リディ……」

名前を呼べば、リディアーヌは無言で頷きを返す。

その隣《となり》では、マリとソフィも真剣《しんけん》な顔で私を見つめている。

少し離《はな》れてレナルドが、仕方なさそうに口を曲げた。

みんな、私のために危険を冒《おか》して駆《か》けつけてくれたのだ。私を見捨てず、助けようと力を尽《つ》くしてくれている。

そう思うと、胸の奥が熱くなった。思わず目の端が滲《にじ》みかけ、私は慌てて首を振る。

そうではない。私は涙を呑《の》み込み、ぐっとこぶしを握り締《し》め——。

みんなの期待に応《こた》えようと、力強く声を上げた。

「わかったわ、これから脱獄《だつごく》ね！」

「正攻法！　裁判で決着をつけるのでしてよ！　この過激派！」

そんな私の熱い心を、リディアーヌの鋭《するど》い声が間髪《かんはつ》を容《い》れずに否定した。


明るさを取り戻したエレノアを、彼は少し離れて見つめていた。

危険を冒してまでエレノアに会いにきた少女たちの友情。味方を欺《あざむ》き義理を果たした男の覚悟。彼女たちのために、再び顔を上げるエレノア。

きっと、これは美しい光景なのだろう。

だけど、彼の内心は少しだけ複雑だった。

「…………」

この光景にもまた、醜《みにく》さがある。打算、陶酔《とうすい》、迷いとためらい。消えない穢《けが》れの感情は、どこまでも人間たちにまとわりつく。

神たる彼の心から、穢れへの嫌悪《けんお》感はなくならない。決して美しいだけではいられない人間たちへ抱《いだ》くのは、どうしようもない苦々しさだ。

あるいは、この苦々しさは、神ではない彼自身の醜さだろうか。

――羨《うらや》ましい。

するりと腕《うで》を抜《ぬ》けたエレノアは、今は彼に背を向けている。きっと、友人たちには笑顔を向けていることだろう。沈《しず》み込んだエレノアの心を掬《すく》い上げたのは、自分ではなくエレノアの友人たちなのだ。

そのことが羨ましい。ひどく妬《ねた》ましい。自分自身が情けない。そう思う自分の心に、彼は静かに首を振る。

ついで切り替《か》えるよう息を吐《は》くと、虚空《こくう》に向けて呼びかけた。

「――アドラシオン」

は、と神気すらない暗闇《くらやみ》から声が返る。

姿は見えない。だけど確かな気配が、燭台の届かない影の中に揺れていた。

「どこまでお前は予想していたんだ？」

「……どこまで、とは」

そう答える声から感情は読めない。とぼけているようにも、ただ真意を確かめているようにも思える。

試《ため》されているような心地《ここち》がして、彼は眉根《まゆね》を寄せた。良い気がしない、と思うのもまた、彼が人の心を得てしまったがゆえなのだろう。

「さすがに偶然《ぐうぜん》がすぎる。まるで、私の話が終わるのを見計らっていたかのようだ」

己《おのれ》がエレノアのために駆けつけるのと、リディアーヌたちがエレノアに会いに来るのがちょうど同日、同時刻になる確率はどれくらいだろうか。

偶然がありえない、とは言わない。実際、リディアーヌたちは一刻も惜《お》しんで地下へと駆けつけたのだろう。

だが、彼女たちの行動に介入《かいにゅう》した存在は間違《まちが》いなくいるのだ。

リディアーヌの口にした『とあるお方』から、彼が想像したのはただ一人。

冷徹《れいてつ》で、ある意味でどうしようもなく愚直《ぐちょく》で、目的のために手段を選ばない――今も昔も、彼のよく知る男だった。

「……御身《おんみ》に、人間というものを知っていただきたかったのです」

長い沈黙《ちんもく》のあとで、アドラシオンは観念したように白状した。

「アマルダ《清いもの》を知った御身に、もう一度エレノア《人間》を見ていただきたかったのです」

そのために、アドラシオンは少しだけ手出しをしたのだと告げる。

エレノアの捕縛《ほばく》を知りながら神殿《しんでん》に口出しをせず、面会を求めるリディアーヌの行動には足止めを。彼がエレノアに会いに来ることを期待し、約束の五日までは地下に人を近づけさせぬよう工作を。

それでいて、彼が最後までエレノアに会いに来ない、あるいは完全に人を見捨てて神に戻ることを見越《みこ》し、いざというときの救いの手を。

「なにかあれば、一番に犠牲《ぎせい》になるのはエレノア・クラディールでしょう。不敬を承知で、ここで様子を窺《うかが》っておりました。万が一のときは、彼女を連れて逃《に》げられるように」

「…………」

彼がアドラシオンを咎《とが》めることはできない。エレノアを孤独《こどく》に置いたこと、救いの手を差し伸《の》べなかったこと、すべては彼も同罪だ。

――この地を守るため、か。

千年を超《こ》えても、アドラシオンの目的は変わらない。愛する女のために、失われるべき土地を守ること。神たる彼に人を認めさせること。

そのために手段は選ばない。周囲を欺き、偽《いつわ》り、土地に生きる罪のない人間も犠牲にする。

だけど同時に、犠牲にしたままでもいられない。最後の一手に救いを置く男の甘さとずるさに、彼の中の苦々しさが増していく。

「……お前は、本当に人間らしくなったな」

ため息のようにそう漏《も》らせば、暗闇に潜《ひそ》む影《かげ》が息を呑む。驚《おどろ》いたような気配とともに向けられるのは、どこか慎重《しんちょう》な言葉だった。

「御身、もしや完全に記憶《きおく》が戻《もど》られて……？」

「ああ」

彼は短く頷《うなず》くと、そのまま少しだけ目を閉じた。

身の内の穢れは消えていない。一方で、穢れはもう彼の記憶を塞《ふさ》いでもいなかった。

――気持ち悪い。

この嫌悪感は、彼自身に向けられたもの。膨大《ぼうだい》な穢れによって得た神ならざる感情が、神たる彼を矛盾《むじゅん》させてしまったためだ。

手放せば楽になることはわかっていた。神としての記憶を取り戻した今、穢れを捨て去るのは難しいことでもない。

――いや。

そう考えて、彼はすぐに首を振《ふ》る。閉じていた目を開ければ、見えるのはエレノアとその友人たちだ。

神にとっては美しからぬ、醜さをはらんだ光景に、彼は自然と目を細める。

この光景を愛《いと》おしいと思う、神ならざるもう一つの心を、手放したくないと思うのだ。

「……世話をかけたな。ずいぶんと長い試練になったものだ」

言いながら、彼は自嘲《じちょう》気味に苦笑《くしょう》した。

試練の始まりはアドラシオンの裏切りから。人間を守る男の感情は不可解だった。

だけど今は、宝石のように人間の娘《むすめ》を抱いた男の気持ちを、誰《だれ》よりも彼自身が理解しているのだ。

「結局こうなるとは。私とお前は、私が思う以上に似た兄弟だったらしい」

呆《あき》れ交じりの言葉に、暗闇の影が揺《ゆ》れる。

ふと感じたのは強い魔力《まりょく》だった。肌《はだ》に触《ふ》れる魔力とともに、見慣れた男が姿を現す。

闇から歩み出るのは、彼のよく知るかつての神だ。

燃えるような赤い髪《かみ》と、冷たくも厳しい硬質《こうしつ》な瞳《ひとみ》を持つ、愚《おろ》かしいほど生真面目《きまじめ》で、一途《いちず》で——冷徹にはなりきれない、優《やさ》しい男。

「——そのお言葉は」

国をつくり上げた二神のうちの一柱。弟神アドラシオンが、彼の前に恭《うやうや》しく膝《ひざ》をつく。

「俺にとって、なによりの誉《ほ》め言葉です。——兄上」

建国神の最敬礼を受け止めると、彼は暗闇から顔を上げた。

神聖なる金の瞳が見据《みす》えるのは、冷たい牢獄《ろうごく》の檻《おり》ではなく、人間たちの行く末だ。

永い永い時の果て。この世でもっとも偉大《いだい》な神は、静かに、穏《おだ》やかに——。

気が抜けるほどおっとりと、ようやく見つけた答えを口にした。

「審判《しんぱん》を下そう、アドラシオン。——破滅《はめつ》ではなく、罪を見つめさせるために」

番外編◆「はじまり」の喪失

その本を最初に見つけたのは、雑多に詰《つ》め込まれた書棚《しょだな》の端《はし》だった。

時刻は夕暮れ。リディアーヌの冤罪《えんざい》を晴らすため、まずは穢《けが》れについて調べようと集まった書庫。

神々に関する文献《ぶんけん》が、国中から集められるというその書庫の、特に重要でもない本ばかりが集まる一角で、私は一冊の本を手に眉根《まゆね》を寄せていた。

「――エレノア、どうかして？」

別の棚《たな》を見ていたリディアーヌが、手の止まった私を見て呼びかける。どうしたのかと寄ってくる彼女に気が付いたのか、少し離《はな》れて調べ物をしていたマリとソフィも「なにかあったの？」と興味深そうに近付いてくるのが見えた。

「ねえ、この本、ちょっとおかしくない？」

そんな彼女たちに、私は手にした本を差し出す。

内容は、大昔の子ども向けの建国神話だ。文字が少なく、絵が多く、ほんの数ページで読み終わるほどに短い。おまけに劣化《れっか》がひどくて、その短いページがさらにいくつか抜《ぬ》け落ちていた。

「どこがおかしくて？　たしかに、ずいぶんと古い本みたいだけれど……」

差し出された本をぱらぱらとめくり、リディアーヌが首を傾《かし》げる。

ちょうど読み終わったのか、開いているページは本の最後だ。といっても、どうやらその先の数ページが抜け落ちているらしく、中途半端《ちゅうとはんぱ》に終わっている。

その中途半端な部分を、私は指で示《こ》す。

「建国神話って、普通《ふつう》は試練を乗り越えたら終わりじゃない？　あとは『こうして、無事に国がつくられました』って感じで」

だけどこの絵本は、『アドラシオンと人間たちは力を合わせ、そのひとつひとつに立ち向かい、乗り越えていきました』のあとに『そして、最後に――』と続き、そこでページが途切れていた。

「『そして最後に、国をつくりました』――とかじゃないの？」

リディアーヌの横から、マリが覗《のぞ》き込んで言う。たしかに、それも一理はある。

「でも、それにしては、残りのページが多い気がするのよね。国をつくるだけなら、一ページでよさそうなのに」

「……それもそうね」

私が言えば、マリは考えるように眉根を寄せた。隣《となり》で覗き込んでいたソフィとも顔を見合わせ、悩《なや》ましげに呻《うめ》く。

「ハッピーエンドがすごく長いとか？」

「もしかして、作者の創作が入っているのかも」

「長いあとがきでも入れているのかしら」

マリ、ソフィ、私の順で意見を出すけれど、どうにもピンとこない。うーんと唸《うな》っていると、リディアーヌがたしなめるように声をかけてくる。

「そのあたりになさい、あなたたち」

彼女は絵本をぱたんと閉じて私に返し、私たち三人の顔を見回した。

そうして告げるのは――。

「たしかに少し気になるけれど、今は穢れについて調べることが優先でしてよ。本来の目的を忘れているのではなくて？」

あまりにも正論である。私はマリたちと、ばつの悪い顔を見合わせた。

今は夜間外出禁止中。調べ物に時間はかけられない。無駄口《むだ》を叩《たた》いている暇《ひま》はないのだ。

「わかっているわよ。穢れの原因を見つけて、アマルダと神殿《しんでん》にぎゃふんと言わせるんだから！」

私はそう言ってこぶしを握りしめると、古い絵本を再び書棚の片隅《かたすみ》へと押し込んだ。

あとがき

三巻もお手に取ってくださりありがとうございます。作者の赤村咲《あかむらさき》です。

エレノアたちの続きをまた書籍《しょせき》で出すことができて嬉《うれ》しいです！　やったー！

三巻では、一巻・二巻で少しずつ出していた建国神話時代について大きく触《ふ》れました。神様の立ち位置や本質なども書くことができて楽しかったです。

特に今巻の5・6章は、私の「好き」が詰《つ》め込まれています。味方だと思っていた相手が実は一番の脅威《きょうい》／人の心を理解していない上位存在／そんな上位存在が、ありふれた人間の心の在り方に膝《ひざ》を折る——という展開が、もうたまらなく好きなのです。

神様の変化にきっかけを与《あた》えたのはエレノアですが、根本的に神様を変えたのは抱《かか》え込んだ多くの穢《けが》れだと思っています。神に人の心はないけれど、外付けHDで大量に感情のデータを与えられたんだな、という感じで解釈《かいしゃく》していただけたら嬉しいです。

また、三巻は『カクヨム』上の連載《れんさい》では、5章と6章に当たります。二つ合わせて十九万文字の文章量を約半分に削《けず》り、違和感《いわかん》がないように再構成しました。二巻は大幅《おおはば》加筆で苦戦しましたが、大幅にダイエットするのも同じくらい難しいのだと学習しました……。

ですが、おかげで読みやすくまとめられたと思います。読者の皆様《みなさま》にとっても、『面白《おもしろ》かった！』と思えるお話になっているよう願っております！

最後に、この本に関《かか》わってくださった方々にお礼を申し上げます。

イラストを担当してくださる春野薫久《はるのたく》様、いつも美麗《びれい》なイラストをありがとうございます。かわいいでもかっこいいでもなく、『美麗』という表現がぴったりな神様を描《えが》いていただけて、このお話は本当に幸せ者だと感じています。

担当編集様、相変わらず締《し》め切りではご迷惑《めいわく》をおかけして申し訳ありません。スケジュールの調整など諸々《もろもろ》のご対応、いつも本当にありがとうございます。優良作家への道は遠いですが、今後も精進《しょうじん》してまいります……！

校正者様、印刷所の皆様、および書籍の発行に携《たずさ》わってくださったすべての方々のおかげで、三巻を無事に刊行することができました。心より感謝しております。

なにより、一巻、二巻をお手に取ってくださった読者の皆様、本当にありがとうございます！　皆様がいたからこそ、三巻まで出すことができました。

できればこの続きも書籍で出せるよう、応援《おうえん》していただけますと幸いです……！

赤村咲

BEANS BUNKO

「聖女様に醜い神様との結婚を押し付けられました3」の感想をお寄せください。
おたよりのあて先
〒102-8177　東京都千代田区富士見2-13-3
株式会社KADOKAWA　角川ビーンズ文庫編集部気付
「赤村　咲」先生・「春野薫久」先生
また、編集部へのご意見ご希望は、同じ住所で「ビーンズ文庫編集部」
までお寄せください。

聖女様《せいじよさま》に醜《みにく》い神様《かみさま》との結婚《けつこん》を押《お》し付《つ》けられました3

赤村《あかむら》　咲《さき》

角川ビーンズ文庫　23762

令和5年8月1日　初版発行

発行者――――山下直久
発　行――――株式会社KADOKAWA
〒102-8177　東京都千代田区富士見2-13-3
電話 0570-002-301（ナビダイヤル）
印刷所――――株式会社暁印刷
製本所――――本間製本株式会社
装幀者――――micro fish

●お問い合わせ
https://www.kadokawa.co.jp/（「お問い合わせ」へお進みください）
※内容によっては、お答えできない場合があります。
※サポートは日本国内のみとさせていただきます。
※Japanese text only

ISBN978-4-04-113975-2C0193 定価はカバーに表示してあります。